町からはじめて、旅へ

片岡義男

晶文社

カバー・イラストレーション　門坂流
ブックデザイン　平野甲賀

町からはじめて、旅へ＝目次

町からはじめて

町からはじめて

東京はぐれ鳥

1　はぐれ鳥のプロローグは、エロール・フリンの海賊映画だ

ぼくは、はぐれ鳥だ。いろんなことから、はぐれてしまっている。なかでも最も決定的にはぐれているのは、「故郷」だろう。「故郷」が、ぼくにはない。幻の故郷なら、ひとつふたつなくもないけれど、これはまた別の話だ。

東京に生まれて転々とし、転々としたさきざきはそれなりに美しく楽しかったけれど、「故郷」として動かしがたいつながりが、それぞれの土地に対してできたわけではない。ぼく自身、成長する幼年期や少年期にあったから、次の場所へ、また次の場所へと、身心ともに移り動いていった。

かつての「故郷」が昔のままに存在するなら、ぼくにもひょっとして「故郷」が持てるかもしれないけれど、美しく明かるかった瀬戸内海はいまでは死の海と呼ばれている。

いま住んでいるところが、ぼくにとっては「故郷」だ。ここもかつては世田谷のはずれの、ハス畑と馬鹿大きいガマがえると静かな小径の、牧歌的な一角だったのだが、いまでは見るかげもない。丘の中腹から見わたすスカイラインには、日ごとに、新しいビルによる凹凸が多くなっていく。東京のまっただなか、と呼んでさしつかえない。

「故郷」を失ったぼくは、大都会のまんなかに住んでいる。そして、その大都会の一角をいま自分の「故郷」だと呼べるほどに、そこの場所に愛着を持っている。住めば都というけれど、文字どおりそこは都そのものだから、便利このうえないし、住みやすい。感傷的なアタッチメントも生まれてきているだろう。では、住めば都であるその都の一角が、ほんとうに自分にとってしっくりきているかというと、そんなことは断じてありはしない。田舎、という言葉を聞いただけで、ぐらりとそちらへかたむき、胸がときめいたりする。「田舎」もぼくの身辺にあるけれど、ぼく自身が「田舎」のほんとうの住人になれる日は、もっともっとさきのことだろう。「田舎」は、いまのところ、幻の故郷のうちのひとつだ。大都会に住んでいながらその大都会が自分にとってしっくりきていないのは、面白いことだとぼくは思う。

はぐれたってどうしたって、いっこうにかまいはしないのだと、ぼく自身は考えている。あらためてそんなことを考える必要もないほどに、はぐれぶりは、身についてしまっていると言えなくもない。そのはぐれぶりがたとえばカオスであるならば、カオスのただなかに身を置き、カオスをつかまえ、カオスと共に、新たな事実のスペースへと動いていけばいいのだと思う。そして、自分ではそうしているつもりになっている。つもりになっている、というところが、シティ・ボーイの最大のミソだろう。シティ・ボーイは、いつも、つもりになって生きている。

うまくそのつもりになれていようがいまいが、ぼくはまったく気にならない。のっぴきならない、動かしがたい生活とはどういうものだか、ぼくは垣間見て知っているから、はぐれ鳥の美意識である「つもり」なんかどうだっていいという気分が、正直におこってくるのだ。「つもり」からも、ぼくははぐれている。いま、大都会には、はぐれ鳥がたくさんいる。田舎で現実に農業をやっていながら、意識は都会のはぐれ鳥そのままである人たちだって存在する。

はぐれ鳥は、はぐれ鳥なりのルールみたいなものをつくりはじめているようだ。ぼくはルールに興味がないけれど、ぼくよりずっと若いはぐれ鳥たちは、物品や情報などのまんなかに身を置いて、それらのものをどう取捨選択していくかの大切な基準である、自らにかかわる美意識の尖鋭化に全力をあげているように思われる。これだけは自分のものだ、という一種の感慨と共に我が手のなかにのこった選択の基準が、はぐれ鳥のルールであり、大げさに言えば、そのはぐれ鳥の生き方そのものであるのだ。自分の生き方は、まず、ルール・ブックとして美しく手のなかにつくりあげられていく。ぼくもそんなことをやったような気がする。たとえば、少年のころ、ぼくは活劇映画しか観なかった。すなわち、活劇映画を、選択した。エロール・フリンが演じる海賊ブラッドが海原のなかで船のへさきに立つとき、彼の白い絹のシャツは永遠の潮風にはためき、あらゆる時代をこえた感動である、魂と肉体の自由とを、ひとつの場面として、つまりトータルな体験として、語ってくれていた。

大都会にいるたくさんの若いはぐれ鳥は一本の映画をさぐりあて、その映画のなかに自らの生き方をみつけ、その生き方へと、ほんとうに飛んでいくのだろうか。飛ぶことはせずに、翼を動かすためのマニュアルをさがしたりするようなことはないのだろうか。

2 おふくろの味は早稲田にあるんだ

おふくろの味、というものをぼくはまるっきり信じていない。個人的な意味での、おふくろの味とは、子供のときから毎日しかたなしにつき合わされてきた結果なんとなくなじんでしまった味、ということでしかない。その味になんらかの取柄があるとするなら、まずいとか食いたくないとか、わりあい自由に、悪態をつけることくらいだろう。

日本の全域で通用しているという、おふくろの味とは、いったいなになのかというと、白いゴハンにミソ汁、そして焼き魚や野菜の煮つけにつけものという、簡単にできる日本食の一種のことなのだ。ぼくが卒業した早稲田という私立大学のそばに「おふくろ」という食堂があった。いまでも健在で学生たちの人気を集めているらしい。おふくろの味、と言われてぼくがまっさきに思いだすのは、昼メシどきのこの店の喧噪だ。味ではない。

おふくろ、つまり、その一家の女主人をとおして、その家がその土地で営んでいる動かしがたい生活に深くつながった料理の味、というものが、遠い昔、たしかに存在していたのだろう。あるいは、そんなもの、存在していなかったのかもしれない。あるひとつの土地に定着し、そこで動かしがたい生活を営んでいるときには、女主人は多忙をきわめたにきまっているから、自分の味など、つくりだしているヒマなんかなかったのではないだろうか。

ぼくが、おふくろの味という日本でごく一般的に通用しているものを、まるで信じていないのは、ぼくが気どっているからでも、ポーズをつくっているからでもなんでもない。ぼくが、ただ一介の都会のヒトだから、そういうことになるのだ。田舎に育ったこともあるけれど、ぼくは最初から、都会のヒトだった。父親は渡り鳥のようだったが、一貫して給料生活者だった。だから、ひとつの土地にしばりつけられたうえで、動かしがたい、のっぴきならない生活を営んでいたわけではなく、たまたま田舎にいても、基本的には、都会人だった。

料理とかその味、さらには、食べるということに関して、ぼくが興味を持てないのは、ぼくの個人的な味覚の問題ではなく、ぼくがはじめから都会のヒトであるという、いまではとても広く通用する特徴のせいではないかと思いはじめている。アメリカの南西部の荒野のまっただなかで、ぼくは、いまにも大地のなかへのめりこみそうにして建っている泥づくりの家のなかで、インディアンの混血だという人物から、夕食をごちそうになったことがある。

ジャガイモと豚肉と、大きな豆とを使った、簡素なしかしたいへんな腹ごたえのある料理だった。とてもおいしいと思い、その料理にぼくは感激した。味もさることながら、もう三〇年も、文字どおりの荒野のまっただなかの、小さなさびしい村で生活してきているというその人の、その人に個有の人生とか生活のぜんたい、そして、その人自身に、より多くぼくは感激していた。

この人のように、自ら、日々、生活に体をはることによっていつのまにかできあがっていった味のほかに、ぼくは、感激できる味を知らない。都会のなかにいていろんな料理に舌つづみを打つ、というような行為は、今日や明日のためにぜひとも食べておかなくてはいけないので食べておく、といった切迫したたぐいの行為ではなく、お買いものの一種だとぼくは思う。

買いものがほとんど常に受け身の行為だとするなら、なにをいつ、どんなふうに買ったっていいのだという、買う側の自由を、おそろしくきまぐれに、最大限に発揮することによって、受け身の行為が能動にかわっていくことがあるのかもしれないとぼくは思う。そのようなときにぼくが発揮する気まぐれさは、ほかの人にそれを真似することのできない、ぼく自身の、ひどく独特なきまぐれさでなくてはならないだろう。そのきまぐれさのなかで、一二〇円のラーメンも、いわゆる高級フランス料理の、ひと皿が一〇〇〇円のスープも、おしなべて同格となってしまう。一二〇円だからどうということもないし、一〇〇〇円だからといって、それがどうしたというのだろう。みんな同じだ、味なんかどうだっていい。おなかが空くから食べるけれど、それほど空いてないときには、できるだけ簡単にすませよう。というようなことを考えながら、夜ふけの街角に、うどんやヌードルの自動販売機のならんだ無人の店の明かりを見る。発泡スチロールだかのどんぶりに入ったうどんを、よく肥った少年がひとり、食べている。きみは、いさぎいいなあ、とぼくは思う。そんなにあっけなく、自分を食いもののほうに明け渡してしまうのだから。そしてぼくだって自動販売機のコーヒーもブラックなら飲むんだ。

3　テレビ・カメラが見るもの

白黒のテレビがかなり一般的なものとして家庭に入りはじめたのは一九五六年、五七年ころだったということだ。ぼくは乳のみ児の域を脱した少年になっていて、ロックンロールに夢中だった。とてもテレビどころではなかったし、テレビにはなんにも興味がなかった。

ロックンロールに夢中になると、ほかのすべてが、ばかばかしい。おぼろげながら見えはじめていた敵が、ロックンロールをきっかけにして、ポンと、はっきり見えてきた。高校、先生、勉強、大学、就職、大人たち、などが当面の切実な敵だった。

敵が見えるということは、自分が見えたということにほかならない。自分というものを見るパースペクティヴをつくるきっかけ——それがロックンロールだった。少年のころ、すでにこんなふうに意識化していたわけではない。きれいさっぱりと無自覚で、本能的なまま混沌としていた。

このころのぼくがなぜ初登場のテレビに興味が持てなかったかについて論じるのは好みではないだけど、肌で、つまり全身でなにを感じていたかについて、要点だけ書いておこう。

テレビが登場してきた時期は、それまで外国映画が大好きだったぼくが映画を観なくなった時期とかさなりあっている。白黒テレビは、その映画を小さくしたものなのだと認識していたから、そんなもの観るわけがない。

スクリーンを観る、ということからはなれて、自分自身の感覚みたいなものをつくらなくてはいけないという感じが切実にあったので、テレビがカラーになっても依然としてぼくは興味が持てなかった。電気屋さんの店頭に人がたかっていて野球やプロレスの中継に人々は見入っていた。こういう人だかりは、ぼくの理解をこえていた。野球が見たければ野球場へ行けばいいじゃないか、とぼくは愚直なルールを守っていた。

テレビ放映会社がそのテレビ・カメラでうつしとって放映しているものなら、ぼくもそのカメラと同じように、スクリーンではなく現実の対象を見ることができるのだという、ちょっとした少年のプライドのようなものをぼくはかかえていたみたいだ。

ブラウン管のうえでの出来事は、いっさいが擬似体験なのだといういらだたしさが、生理的に重すぎた。皮ふの感覚のほうが面白かった。テレビに対して、このような気持がながくつづいたものだから、いまだにぼくはテレビに親しくない。

友人たちと旅行したとき、旅館のテレビをつけた友人のひとりが、「ちきしょう、なんだこの野郎、もっと面白いものやりやがれ」と、血相をかえて乱暴にチャンネルを切りかえたとき、ぼくはほんとうにおどろいた。この男は、テレビと親しくつきあい、いつも面白いものを観て、ゆかいな思いだけをしたいのだな、とぼくは思った。そんなこと、できるわけないじゃないか。

ではぼくはテレビがきらいなのかというと、そんなことはない。テレビにちらっと映った日本や外国の風景を見て、いつか必ずそこへいってみよう、という気になってそのとおりにしたことが何度かあるし、外国ではテレビをよく観る。まさしく異った文化であるからにちがいない。

座頭市の映画をテレビで観て、とても珍らしかった。チャンバラというものを観たのは、これが最初だったからだ。ポケット・ビリヤードやポーカーの白熱した中継が放映されたらぼくは文句なしに観てしまうだろう。それに、これはぼくの夢なのだが、たとえばル・マンのモーターサイクル・レースを、低空にうかんだ飛行船のカメラから自在にとらえた放映があったとしたら、ぼくはやはりテレビの前を動かないはずだ。

飛行船が出たついでに、もうひとつ。飛行船で太平洋を渡っていくときには、海面から三〇〇メートルとか五〇〇メートルとかの超低空を飛んでいくことができるのだそうだ。太平洋上を五〇〇メートルすれすれでゆっくり飛んでゆくときのありさまを、くまなくテレビ・カメラでとらえて放映してくれたら、これにもぼくは夢中になる。

実際にそういうことを経験してみたい、という気持も強い。

両方とも体験したとき、実際に身をもっておこなったほうがやはり実感であり、テレビのほうは擬似体験であるのだろうか。そして、擬似体験が実感のほうを侵しはじめたりするものなのだろうか。なにが実感なのか、さっぱりわからなくなるのだろうか。

両方ともやってみなければわからない。ホントのなかに大量のウソをとりこむことによって、ホントがさらに大きく広がっていったりするものだろうか。

4 街角のなかのぼく

六月のある日、小市民のぼくは下北沢という町の南口にむかって、そこから十五分ほどの距離にある住宅街のなかを歩いていた。晴れた日で湿気がなく、気持よかった。午後の四時ごろだったろうか。洗ったばかりの、H・D・リー・カンパニーの十オンスのシティ・ジーンズをぼくははいていた。もう何年もまえにアメリカでこれを発見し、それまではいていたリーヴァイスやラングリーからのりかえ、いまではほぼ一年中これだ。はき良さといったら、ほかにくらべるものがないほど素敵なんだ。

ダンガリーのワークシャツも洗いたてだった。アメリカの労働者が着るシャツだ。ぼくも一介の労働者なのだが、サイズ十五でいたるところ、がばがばしている。それなのに肩巾だけすこしせまい。手が半分かくれてしまうくらいに袖を長目にして着るのが、ぼくの子供のころからのくせだ。

初夏の、よく晴れた日の午後、洗いたてのお気に入りの服を着て、ぼくはいい気分で下北沢南口の商店街を駅にむかってのぼっていった。

もう二十年も、下北沢の近くにぼくは住んでいる。南口のこの通りも、ずいぶんかわった。とても店が多くなり、それにともなって音がふえ、すごくやかましい町になった。人と自動車がふえた。ようするに、店がふえたのだ。成長して豊かな社会になり、物や情報が豊富になり、消費が多様化したのだ、というもはや聞きなれすぎてウソッぱちとしか感じられない合言葉は、やはりウソなんだ。ぼくのような小市民の目には、結局、オカネがふえたのだな、としかうつらない。ぼくの手のなかにオカネがふえたのではなく、世のなかに循環しているオカネの量がふえ、質が変わってきている、ということだ。

ものすごい量のオカネが、ブワーッと音をたてて世のなかをまわっていて、そのまわっていくプロセスの要所要所で、文化とか労働とかの搾取みたいなことがおこなわれているにちがいない。下北沢にも銀行がふえたなあ。

キョロキョロと馬鹿づらして歩いているぼくは、より多くのオカネを循環させるための巨大な円環装置の、小さな小さなひとつの歯車的なパーツのようだ。この円環装置の外へ出ていくための突破口は、ありえない。装置そのものをゼロにしなければ、話にならないのだから。ぼくは、下北沢南口の、とらわれの身だよ。

歩いていくと、洋品屋さんがある。ここでH・D・リー・カンパニーの十オンス・ジーンズを売っていることを知ったとき、ぼくの内部にある「メイド・イン・USA」感覚の一端が、みごとに崩れ去った。

つまり、アメリカという、かなたの現地まで足をはこばないことには、お気に入りの十オンスは買えないのだと思いこみ信じこむことによって、日本はまだ輸入に頼らなくても充分にやっていけるのだと思おうとしたのだが、はじめからうすうすわかっていたとおり、それはやはりむなしい作業だった。

日本はもう世界各国に頼り、からみあわなくてはならない。なにもかもごちゃまぜの、もはや決定的なまでの国際性が、二十年つきあってきた下北沢にまでおよんでいる。

全世界との多様な文化・経済交流、といえばいえるけど、こういう表現は、「ものは言いよう」でしかないんだ。世界各国が、いろんな質やかたちの暴力を提示してそのバランスをとりあっている状態、というふうにぼくには思える。

文字どおりの南口、つまり駅へのぼっていく階段へあと三十歩ほどのところで、ぼくは身をひるがえし、とある横町に消える。

この横町に、ひいきのレストランがあるからだ。ひまな時間らしく、ぼくはそのかわいらしいレストランにただひとりの客だった。基本的なメニューのなかから、できるだけユカイなとりあわせを注文してぼうっとしていると、ほっそりした美人がひとり、入ってきた。英文学の本やノートを持っている。女子大生だ。きゃしゃな、けだるそうな体つきが午後の倦怠を表現している。おとなしくて目立たないけれど、よく考えた着こなしが、よけいにけだるいなあ。「あたし、ハンバーグライス」それほどわるい声ではなかった。ああ、そんなに美しいきみも、日曜の家族づれみたいに、ハンバーグライスを食べるのかい。

井之頭線に乗ってぼくは渋谷に出た。改札口をぬけていくとき、ぼくの前を歩いている若い女性の花もようのワンピースの背中のボタンがひとつはずれているのに気がついた。ぼくの手がすっとのび、「ボタンはずれてる、はめたげるよ」ボタンをかけてあげてるあいだ、両手に荷物の彼女は、まっ赤になってうつむいてたよ。お茶くらい誘えばよかった。

5　ボールポイント・フリークのようになってみたとき

おなじ原稿用紙に、おなじ種類のペンで原稿を書いていると、ぼくはかならずあきてくる。四〇〇枚くらい書いたあたりで、かならずあきる。ちがう紙に、ペンではないものをつかって、書いてみたくなるのだ。

ペン、つまり万年筆を、ぼくはながいあいだつかっていた。十年くらい前は、パイロット・エリートというペンに、コアース（極太のこと）というペン先をつけ黒インクで、マス目の大きな原稿用紙のマス目いっぱいに、手首をぶんまわして書いていた。

これを二年くらいでやめた。手がくたびれるし、書きこみやなおしができないし、へたな字がマス目いっぱいにうめてある原稿は、むうっと暑くるしく、しんきくさい感じだ。あらゆる種類のペンを手に入れてはためし、同時に、紙のほうも、フリークのようになっていろんなのをさがしてきては、つかってみた。

結局、ペンはモンブランの22番といういまではもう生産されてないやつが、いちばん良かった。いまでもときたまつかう。かたちや雰囲気、重さ、バランス、持ちぐあいに加えて、ペン先のしなやかさとか紙のうえのすべりぐあい、インクの出かげんなど、いろんな要素が微妙にからみあい、さらに、紙との相性、インクの特質なども問題になる。

モンブランの22番は、メカニズムがすっきりと簡単にできていて、パーカーのパーマネント・ブルーを入れると、さらさらとインクの流れがよく、ぼくはずいぶんと気に入っていた。いまでも気に入っている。ぜんぜんつかったことのない新品も加えて、二十本くらいあると思う。

なぜおなじものが二十本もあるかというと、ぼくはかなり大量に原稿を書くからペン先が平らにすりへって書きにくくなる。一本をつかいっぱなしにすると、十ヵ月くらいで、ペン先はダメになる。ちょうど書きよくなったのを三本くらいそろえておかないと、なんとなく落着かない気がするから、おなじものが何本も集まるのだ。

ペンは、モンブランの22番以外、すべてノー・グッド。鉛筆も、フリークになっていろんなものをさまざまな紙にためした結果、ステドラー社の4Bと5Bがベストで、あとはダメ、ということになった。鉛筆削りもステドラーの三〇〇円のやつがいちばん良かった。デスクにとりつけてガリガリとまわすのや電動式を使うヒトの気が知れない。

鉛筆に関連して消しゴムもかたっぱしからためしてみた。ドイツ製、アメリカ製、いずれもOK。日本製もまあまあのが数種類あるが、見てくれをほんのちょっと変えただけのものが何種類もたくさんあり、気ちがいじみていた。

つかいやすい消しゴムをみつけるのはなかなかむずかしい。大きさと固さ、しなやかさ、消えぐあい、紙との相性、鉛筆との相性が、からみあう。たとえばキャステルの4Bや5Bは芯の成分に鉛がステドラーよりも多いせいか、粘り気が強く、どの消しゴムでも消しにくい。

いまは、ボールポイント、つまりボールペンのフリークになっている。国産のボールペンは、かたっぱしからみんな落第。字なんか書ける道具ではない。外国のものもためしつくし、パーカーのリフイル(替え芯)が、唯一のものとして手もとにのこった。シェーファーの替え芯が次点だ。いまぼくは、パーカーのボールポイント替え芯の、先端のボールがミディアムという心地よい太さの黒インクのものを、替え芯だけを裸のまま持って、書いている。ひとマスの大きさが八ミリ×七・五ミリの、コクヨ製四〇〇字詰め用紙と相性が良く、紙ともども気に入って、スットコトットコ書いている。けっしてうまい字ではないし、ひとつひとつ、あっちむいたりこっちむいたり、踊っている。へたな字にも誠意はこもりうるのだと自らなぐさめつつ、きちっとした字はどうしても書けないなあと、妙な感心のしかたをしている。

パーカーのボールポイント替え芯は、コクヨのこの紙だと、五〇〇枚以上、書ける。ぼくは筆圧を最小限にしかかけないせいかもしれないが、さすがだ。先端のボールも、五〇〇枚くらいでは、がたついてこない。

いまのところ書き道具としてこのパーカーのボールポイントが、最高。落第になったやつが各種三〇〇本ちかく、靴の箱のなかにざくざくと入っている。

替え芯を裸のまま持って書くのも軽快でいいが、機能主義的でありすぎるような気がするときは、パーカーのビッグレッドの、コーラル色の女性用に入れてつかう。女性用は男性用より小ぶりで軽くバランスがいい。それに、ポケットにとめるクリップが、キャップについてないのも、気に入っている。ボールペンにあきたら、ステドラーの鉛筆で書こう。

6 秋まつりの音が風にのってくる

秋まつりの季節になった。九月のはじめから終りにかけて、歩いていける範囲内で秋まつりが五つか六つ、おこなわれる。夜になってから、シーズンはじまって最初のやつに、大好きな馬鹿づらをして出かけてみた。

綿菓子を、食べないでそのままほうっておくとどんなことになるかが、ながいあいだぼくにとっての謎だった。

だからまず三〇〇円の綿菓子を買った。カエルとトックリがひっくりかえっている絵にそえて「しゃっくりトックリひっくりかえる」という文句が印刷してあるビニールの袋に入っていた。

すこしくらい食べてもかまわないわけだから、袋をあけ、白い雲のかたまりにかぶりつくようにして食べてみた。青い空にうかんだ白い雲のように、ほのかに甘くてせつない香りがするのかと思っていたのは大きなまちがい。かぶりついたとたんに反っ歯になりそうなほどの甘さだった。

とりきめができているのだろう、毎年おなじところにおなじ店が出ている。去年とちがったものはないかとさがしたら、いわゆるハワイアン・プリントのシャツを着た人が去年よりずっと多い。

リンゴ飴というのがあった。上白糖を湯に溶いてカッカと煮つめドロドロの固めの飴にし、赤く色をつける。へたのところから割りバシを一本まっすぐに突きこんだ青リンゴを、この飴のなかにひたし、まんべんなく飴まみれにしてからひきあげる。

店の前に張りわたしたヒモにつるしておき、飴が固まったところでビニールの袋に入れ、輪ゴムでしばっておく。トンと置いとけば、赤い飴が適当に垂れてきてかたまり、台座のようになる。

見た目にかなりきれいで、買い気をそそる。一本が一五〇円だった。買ってみた。飴ごとリンゴまでかじるわけにはいかず、まず飴をなめつくさなくてはいけない。とうてい出来ないことだ。ちょっとなめただけで、今日もまだ机のうえに置いてある。飴は白砂糖の味しかない。ほんのりなにかの香りをつければいいのに。

すこしずつなめながら歩いていたら、シャボン玉噴射機のおばさんがさかんに飛ばしているママレモンのシャボン玉が飛んできて、リンゴ飴に当たってはじけたんだ。

どの店もみんな見てまわった。自分ならどの商売をやるだろうかと思いつつながめていたら、やはりヒットがひとつあった。ソースせんべい、というのを売っている店だ。

せんべいにソース、梅ジャム、オレンジ・ジャムの三種のうちいずれかを塗りつけて売るのだ。せんべいは、エビせんべいのような色をした丸くて薄くてはかないせんべいだ。袋から出して台のうえに山盛りにする。日清精粉の製品なのだ。

店の台のいちばん手前に手製のルーレットが置いてあり、棒木を回転させると棒木の先端につけた糸に結んだ針金が12、8、10、15などと書いた部分のいずれかにとまるようになっている。

五〇円払ってこのルーレットをまわす。針金がたとえば12のところにとまると、十二枚のせんべいを店のヒトは手に持ち、「なににする？」と、きいてくれる。

梅ジャムとオレンジ・ジャムは、かさねたせんべいのいちばんうえに、ヘラでひとすくい、塗りつけてくれる。ソースなら、十二枚のせんべいをすこしずつずらして持ち、ハケでソースを三度ほど塗りつけてくれ、ひとつにまとめ、いちばん下のせんべいをいちばん上に重ねて、渡してくれる。

ぼくが秋まつりに店をやるなら、この店をやりたい。火や水をつかわないから簡単でいいし、せんべいは軽いから持ちはこびも楽だ。味もけっこういける。お客はコンスタントに来ていた。

オモチャとか仮面屋さんもいいけれど客足のとまり方が不安定のようだった。タコ焼きや焼きそば屋は、道路使用許可証とか移動飲食店許可証をとらなくてはならない。

さて、綿菓子だが。ビニールの袋に入れたままテーブルの上に置いといたのは不覚だった。白くて分厚いせんべいのように、しなび、かたまっていた。空中につるしておいたなら、もっとちがったかたちになっただろう。

割りバシを一本、がっちりと抱きこんで、昨日の白い雲のような綿菓子は、厚ぼったい白いせんべいのようになってしまっていた。噛んでみると、かなりの固さだった。甘さは、いっこうにかわっていない。

あと数日もすれば、こんどはちがう方角から、ヒャラヒャラピーと、祭りのレコードの笛の音が、PAから秋風のなかに放たれて聞えてくるはずなんだ。

7　陽ざしがもったいなくて、野原へいってみた

前日の大雨もなかなかよかった。空間のなかに雨の粒が無数に動いているだけでなぜか心がなごむし、空間じたい、しっとりとした落着きを持つ。大きな樹がかたまって何本も生えているうえに大雨が降るのを見ながらぼうっとしているのは、とてもいいものだ。この日のひどい降りは、秋の台風のせいだった。

あくる日の晴天も、すばらしいものだった。台風一過の秋晴れというやつだ。夜おそくに雨はすでにやんでいた。くっきりと洗われた夜空も、ぼくは見ておいた。よし、明日は晴れるな、と思っていたら、やはりすごい晴天だ。

朝の八時ごろに起きた。陽ざしや青い空を見るなり、うわあ、もったいない！　と思った。こんな日に家のなかにいるわけにはいかない。生理的に、本能的に、血がさわぐ。町のなかへ出るのもいやだ。野原へいこう。

ミソ汁にゴハンに焼きノリ、そして、青空の青さに調和させる意味もあり、目玉焼きをひとつ、つくって食べた。そして、野原へ出かけていった。

野原へは、電車に乗っていかなければならない。ラッシュをすぎたころの時間に、ラッシュとは反

対の方向にむかう電車に乗るのも、気分がゆたかになって、いいものだ。

野原へ着いたぼくは、野原を見渡しておどろいた。だあれもいないのだ。人の姿がひとつも見あたらない。陽は、きらめいて降りそそぎ、青空が遠くつきぬけている。枝をのばした樹々は、緑の葉をまだいっぱいにたくわえている。だのに、人はひとりもいない。

朝の九時すぎだった。家々の奥さまは朝のかたづけものをしているのだろうか。ご主人は会社で仕事がはじまったばかりの時間だし、子供たちは学校や幼稚園。商店のように自分で仕事をしている人たちは、朝の九時といえばもうその日の仕事が本格的にはじまっている。

みんな仕事をしている。だから、陽の照る野原には、いま誰もいないのだ。というごくあたりまえのことに、ぼくは気がついた。ぼく自身は、仕事と生活が混沌とひとつになっているから、朝の九時すぎに、陽ざしのあふれる野原にいてもちっとも不思議ではない。

野原を歩きまわり、ぼくはやがて草のうえに寝そべった。ぼくは寝そべるのが好きだから、寝そべりかたは上手だ。できるだけしどけなく、あられもないありさまで寝そべると気分がいい。

空をながめたり、すこし遠くにある水をぬいてしまった白っぽいプールや、そのそばに立っているコンクリート製のアデリー・ペンギンをぼんやりと見たり樹々の頂上に視線をむけたりしていろんなことをとりとめもなく思いめぐらしていくうちに、横たわっているぼくの体は次第に地表になじんでいった。

はじめのうちはやはり体が地面と対抗しているのだが、やがてべったりと大地に体をゆだねはじめる。いかにも気持ちよさそうに寝そべっていられるようになってくる。頭の下に手を敷いていたのがいつの間にかはずれている。自由に寝がえりをうっている。

うつぶせに大の字になるのもいいし、あおむけにしどけないのも素適だ。目を閉じて顔を空にむけると、マブタをとおして太陽はすさまじく鮮烈なオレンジ色だ。

うす目をあけると、青空が見える。空飛ぶ円盤が、西のほうへ飛んでいった。青空は深いなあ。また目を閉じる。顔いちめんに陽が降りそそぎ、すこしずつ陽焼けしていくのが、はっきりとわかる。うれしい！

目をあけると、また空が見えるぞ。空の深さという空間には、ものすごいスピードがあるみたいだ。青さの一点をぐっと見つめていると、そのスピードが体ぜんたいに感じられてくる。

ふと寝がえりをうつと、こんどは大地の厚みが体ぜんたいに伝わってきてしまう。とてもうれしい気持だ。

陽ざしがもったいなくてやってきた野原のなかに寝そべって、うわあ、うれしいなあ！　と思っているのは、特別な状態ではなく、ごく普通の状態なんだ。とても普通のことなんだ。

電車の窓から見ると、どの家でも、二階のベランダや物干しざお、あるいはブロック塀に、布団がならべて干してあった。四階建ての公団住宅のような建物は布団でくるんだみたいになっていた。

野原のまんなかに寝そべって陽を浴びていたぼくは、干しに出されて陽を吸収している色とりどりの長方形の布団のように、まったく平凡で普通で、ありきたりだった。だからこそ、うわあ、いいなあ！　と、思えたのだ。

8 リンゴの樹の下で、マーモットが待っている

赤く塗った納屋のうしろには野原があり、そのむこうが林だ。そして、林のさらにむこうには、山裾がゆるやかな斜面をつくっている。

納屋の前からなだらかなスロープをあがってくると、地面が平らになる。右の奥まったところに母屋がある。母屋とその広い前庭ぜんたいが頂上の平らな小高い丘のようになっている。

母屋とは反対の側に、小さな塚のように地面の盛りあがったところがあり、そこに一本の大きな樹が生えている。

特別にかたちのよい樹ではない。だがやはり堂々としている。幹は大人でもひとかかえにはできない太さだ。ずんぐりと太く、すこしかしいでいるその幹から五本の枝が分かれている。

五本の枝はそれぞれちがった方向にのびている。枝の途中からさらに何本も枝わかれしていて、緑の葉をいっぱいにつけた夏には、見るからに樹らしい樹となるのだ。幹から分かれたいちばん下の枝は、どれも地面にほぼ水平に長くのびている。夏の陽が頭上にあるときには、地面に大きな影ができる。

樹齢七十二年になる、リンゴの樹だ。

五月のはじめに、花が咲く。春の陽ざしのなかに、淡いピンクと深みのある白のまじりあった、簡素な雰囲気の花だ。三月の終りころには、枝には葉が一枚もなく、灰色の霧のなかに、野原や林とおなじく、淡い褐色の光景をつくっていたことが、まるで信じられない。新しい葉が、花のすぐ下で、陽をうけて緑色にきらめいている。

冬をぬけだし、春から夏へと、このリンゴの樹が緑色の生命にみなぎると、それにひきよせられるようにして、いろんな小さな生命が、リンゴの樹と夏を共にする。

コマドリが枝の分かれ目に巣をつくっていく。枯草や小枝をあつめてきて、丸い巣をたくみにつくる。

やがてその巣にヒナがかえり、小さな鳴き声が葉のあいだから風に乗って可愛いらしく聞えてくる。幹から分かれていったん外側へのびていき、また向きをかえてまっすぐにうえにのびている太い枝。そこに、キツツキがとまっている。小さなふたつの足で幹につかまり、長いとがったくちばしで幹をつついている。その音が、やはり、さらさらとした風のなかに聞える。

このキツツキは、冬のあいだから、このリンゴの樹にやってきては、くちばしで幹に穴をあけている。

ドリルであけたような丸い穴が、幹ぜんたいに、びっしりとならんでいる。樹のなかから、キツツキは樹液を吸い出すのだ。

蝶が飛んできて幹にとまる。この蝶は、小枝のわかれ目にできていた薄いガーゼのような巣に生みつけられた卵からかえった毛虫の、晴れ姿だ。

毛虫はほかにもいっぱいいる。緑の葉を求めて、太い幹のうえを、細い小枝のさきを、春のそよ風をぜいたくにうけながして、身を縮め身をのばし、自らにあたえられた世界のなかを、静かに動いている。

葉をよく見ると、その先端にしっかりととりついて緑の葉を一心不乱に食べている、長い毛の生えた毛虫が見える。耳をちかづけると、葉を食べている音が聞える。カリカリ、カリカリと、葉の片側をうえのほうから組織的に食べていく。この小さな毛虫にとって、一枚の緑の葉はおそろしく栄養に富んだゴハンなのだ。

陽が照り、雷鳴がとどろき、いい風の吹き抜ける夏が、その風と共にすこしずつ去っていく。

九月が来る。リンゴの樹に、実がなるのだ。枝のあちこちに、いくつも、丸いリンゴがついている。リンゴというものをすでに知っているから、枝に実っているリンゴを見てもなんとも思わないが、リンゴをはじめて見る人の気持を想像しつつながめなおすと、樹齢七十二年の大木のそこかしこに実った丸いリンゴは、魔法そのものだ。

十一月になって雪が降るころまで、リンゴは枝についている。途中で地面に落ちるのも多い。樹の南側に落ちたリンゴがかならずころがっていく地点のすぐちかくに、マーモットの穴がある。穴から外をいつも観察しているマーモットは、樹から落ちたリンゴが近くにころがってくると、すぐに出ていき、リンゴを両手に持ち、リスにちょっと似たうしろ足で立ちあがり、小さな口でリンゴをすばやくかじっていく。

十一月。どの枝にも雪を重そうに乗せたリンゴの樹に、赤いリンゴがまだいくつかのこっている。

枝をゆすり、雪を落とす。七十二歳の樹に雪は重い。リンゴがひとつ落ちる。雪を手にとり、リンゴにこすりつけて洗い、かじりつく——という経験がぼくにはまだ一度もない。バージニア州のとある農家の片隅に立っているリンゴの樹を写した何枚かの写真を見ながら、そえられている説明文をたよりにこの文章を書いてみた。そして机のうえには店で買ってきた赤いリンゴがひとつあるんだ。

町の生活のなかに「個性」って、あるだろうか

「個性」とはいったいなになのか、というとらえどころのない問いに自らこたえようとするとき、「個性」という言葉に関連して、いくつかの具体的で日常的なイメージのようなものが、うかんでくる。そのうちのひとつを、個性について考えるうえでの手がかりとして、取り出してみよう。

たとえば、「個性的な装い」、という言葉がある。単なる言葉をこえて、日常生活のなかのひとつの確個たる情景にまでなっているようだ。特に、いわゆる衣がえの季節には若い女性たちにとっては切実なひびきを持つ言葉だ。そして、いまでは、衣がえなどという季節感などまったくぬきにして、「個性的な装い」は常に語られ、問題にされている。

考えてみると、装いに限らず、個性が云々されるのは、年齢的な若さと密接につながっている場合が多いようだ。「個性的な装い」など、その典型だと言えるだろう。

「個性的な装い」は、ほとんどの場合、若い人たちのためのものだ。中年をすぎた男女に関して個性

的な装いが問題にされることはまずない。男性の場合ならば、中年期において到達するであろう、あるいは到達するのが望ましいとされている社会的な地位や暮らしむき、さらには、ひとりの中年男性がかもしだすべき風格のようなものが、装いに結びつけられている。若い人たちの場合のような、きらびやかで無秩序な「個性」は、問題にされてはいない。中年女性の場合もまたおなじようだ。わずかにレジャー・ウエアの一部分において、くつろぎや若やいだ雰囲気という、平均的なイメージが提示されているにすぎない。

すこし話は飛躍するけれども、このことと関連して頭にうかぶのは、「個性的な装い」のような外観上の具体的な問題と、いわゆる内面的な心の問題との対比だ。

装いは、たとえばそれがブルージーンズならば、市販されているブルージーンズの品数だけ「個性」はレディ・メードに店頭にそろっているのだが、一般的に言われている心の問題や徳目、精神的なエネルギーなどは、奇妙に画一化され統一されている。

個人的な感慨をよりどころに話をすすめるならば、スポーツのテレビ中継における解説者の言葉、特に相撲のそれにおいてよく聞かれる、いわゆる「精神力」という、不思議に平均化された概念に、内面的な心の諸問題のすべてが、なだれこませてあるような気がする。

心の問題は、立派な社会人として各自が自らの内部につちかうべき徳目のようなものとして、好むと好まざるとにかかわらず意識されているようだ。社会人であること、つまり、他人との円滑な関係という処世上の大前提が、そうしてしまうのだ。

ひとりの人間が自分をとりまいている社会となんらかのかたちでその人なりに接していくとき、その接しようは、その人に固有の様相を持つはずだ。「精神力」というものがよく問題にされるスポーツや勝負の世界においても、最後の重要なかなめであるとされている精神的な諸要素のありかたは、それぞれ独特であるはずだ。

だが、ほとんどの場合、その独特な固有性は問題にされず、「やはりなんといっても大事なのは精神力ですね」とか「心理的なものが多分に影響していますよ」というようなコメントに端的にあらわれているように、いわゆる「精神」は、つるっとした手ざわりの、あいまいで正体不明でありながら図々しくどこにでも顔を出すお化けのような画一性を身につけている。スポーツや勝負だけではなく、実業、政治、宗教などまで、人間の営為のあらゆるジャンルに、このお化けは登場する。

そして、登場してそれがどのような役割を果たすかというと、「根性」「人の和」「生きがい」「愛」「緑」「小さな親切」など、覚悟と実行のともなわない呪文みたいなものへの橋わたしでしかないのだ。「精神力」が「根性」や「生きがい」などへ細分化されていくと、個々の具体性はさらに稀薄になり、万人に共通のあいまいなおまじないのようになっていく。

いわゆる心の問題がこのようなかたちで万人共通の抽象的なお題目におしなべられていく反面、さきにあげた「個性的な装い」のような外観上の問題は、商品の種類という限界はあるけれども、方向としては数かぎりない個別性を目ざしている。

この、ちょっと見には相反するふたつの事実は、じつは、おなじ場所に根を持っている。心の問題も、個性的な装いも、ともにすでにとっくの昔から、商品になっているという事実だ。

心の問題のほうは、たとえば書籍などのかたちをとっている場合をのぞくと、商品になっているそのなりようが多少ともあいまいだが、「個性的な装い」のほうは、はっきりとつかみやすい。ブティックやジーンズ・ショップまで出かけていけば、一目瞭然だ。市場を開拓する側にとって効率のいい範囲で品数は豊富であり、「個性的な装い」はその品数だけ約束されている。

　どの服を買って身につけても、結局は流行のお仕着せだからおなじような没個性な装いになりますよ、とは誰も言ってくれない。おなじように、心の問題の場合には、精神力とはつまりその人に固有の社会との接し方だからそれこそ千差万別で、人の数とおなじだけの種類があります、とは誰も言ってはくれない。

「個性的な装い」も、心の問題も、コマーシャルなマーケティングのなかで、巧みに変形されていることに、私たちは気づく。「装い」を商品にしているモード産業のマーケティングのなかで、「個性」という言葉にもっとも多く出会っている事実を否定することは、誰にとってもむずかしい。と同時に、心の問題が論じられるとき、大事にされているように見える「個性」が、もっとも平たく画一化されている事実に気づくのは、さらにむずかしい。

　私たちは、いま情報化社会のなかに身を置いているという。「個性」というようなものを問題にするときにうかびあがってくる情報化社会とは、つまり、いろんな商品があふれていて、しかもそれらの商品にかかわるコマーシャル・メッセージが多種多様に飛びかっている社会のことだ。

「個性的な装い」と「精神力」のふたつを、日常的な生活のなかにおける私たちの存在の両極だとするならば、すでに見てきて明らかなように、私たちの存在は、そのぜんたいが、コマーシャル・メッセージのなかにからめとられている。ようするに、マーケティングはいまや私たちの生活全域を対象として真剣におこなわれているということなのだ。

いわゆる情報化というものに関してすこしでもふりかえってみるならば、マーケティングが私たちの生活をトータルなかたちで相手にしていることぐらい、すぐにわかる。

たとえば、「土曜日には緑と出会おう」というようなコマーシャル・メッセージがあるとするなら、そのコマーシャル・メッセージを発した側の人たちは、すくなくとも土曜日のありように関しては、支配権を取ろうとこころみている。そして、日常の実感としては、そのコマーシャル・メッセージが発せられた段階で、土曜日のすごしかたという生活様式の支配のこころみは、なかば成功していると言わなければならない。

土曜日に、あるいは土曜日のために、そしてさらには、土曜日というイメージのために、おそらくなにかの商品を買わせることによって、そのこころみは成功していく。

まったくおなじことが、「生きがいとはなにか、いまいちど考えなおしてみよう」といったコマーシャル・メッセージがもしあれば、このコマーシャル・メッセージは、「生きがい」というもののコントロールに、なかば成功しかけている、と考えなくてはいけない。生きがいとは、自分の置かれている状況に耐えながら、なおいっそうの努力をすることだ、というようなお寒い内容しかそのメッセージが持ちあわせなくとも、とりあえずコントロールには成功していく。

こんなふうに、私たちの日常の生活の内部の、あらゆる領域が、コマーシャリズムによって、かたっぱしから規制されていく。私たちは、まるで、一定の目的なり営業方針なりを持った巨大な会社組織のなかに身を置いているみたいだ。会社のなかでおこなわれている、いわゆる労務管理に相当するものが、コマーシャル・メッセージや具体的なマーケティングなのだ。

しつこく手間をかけてここまで考えてくると、ひとつのことが明らかにならざるを得ない。つまり、「個性」などとうていありえない社会だからこそ、かつてなかったほどの重要度をたずさえて、「個性」がいま問題にされている、ということだ。

「個性」、といきなり言われた場合、私自身、まずはじめにイメージとしてうかんでくるのは、ヘア・スタイルとかアクセサリーなどをも含めた、衣服でしかない。まったく意図していないにもかかわらず、私がすでにコマーシャリズムのなかに深く巻きこまれているなによりの証拠だ。

服は、「着る」とか「他人に見せびらかす」あるいは「自分の好みを他にむかって主張する」という一連の機能を有するが故に、私がいまここでとっさにイメージのなかにうかべたような意味での「個性」と、ことさらに結びつきやすい。

このような服をこんなふうに着れば個性的になりますよと、いくら見本つきでコマーシャル・メッセージが人々を鼓舞しても、そのコマーシャル・メッセージにしたがった結果が目に見えてすぐに現出してこなければ、人々は、自分の装いにおける「個性」には、たいした関心も興味も持たないはずだ。

ところが、たったいまブティックで買ってきた、「個性的」でしかも流行の服は、身につけるとただちに効果を発揮する即効性を持っている。身につけるまでもなく、買っただけで心理上の効果を持つ。この即効性という機能に、私は重大な落し穴があると思っている。

商品や消費態度などのマーケティングが日常生活の全領域におよんでいった突破口は、日本ではモード産業と人生論であったと私は考える。

人生論は、実際的な効用をほとんど持たない。不平不満を主としてレトリックによってじっくりとさとされていくマゾヒスティックな快感とか、平凡な多数意見の側に身を寄せて得られる心理上の安心感などが、人生論の効用の中心的な部分であろうと思われる。

役に立たない人生論とは対照的に、服は、素晴らしく役に立ってくれる。その服のおかげで、ワン・シーズンを華やいだ気分ですごすことができ、独自の個性を演出したようなつもりになれる。

この即効性の機能主義がなぜ落し穴かというと、たとえば日本における科学の適用過程がそうであったように、効用とか機能とかが最優先され、それ以外のものは見向きもされないという社会的風潮をつくり出してくるからだ。科学が日本で公害の源としての元凶になったのは、科学の成果や効能だけをとって科学思想という哲学をかえりみなかったからにほかならない。「個性」を演出するにあたってのもっとも有力な手段であるとされている流行の服が常にたずさえている即効的な機能は、ちょっと間にあわせることができて便利であるとか、目あたらしくて刺激的であるとかの効用であり、その服を買うと同時に、私たちは、そのような効用が善とされる生活様式をも買い取っているのだ。流行の服として商品価値を持たされた便利さや目あたらしさなどの機能は、じつは、「個性」をつくりだすのではなく、その逆に、個性を消してしまっている。それでいながら、流行の服は、イメージのなかでは「個性的」でありつづけるのだから、しかけは二段がまえになっている。

流行の服を着て「個性的」になったつもりで、そのじつ没個性の権化となっているという、埒もない談議は、視点が服にとどまりつづけるからこそ、埒もないのだ。

視点を服以外のことにむけていけば、さきにも書いたとおり、あらゆるかたちのマーケティングが私たちの日常生活の全域をおおっている事実が、目にとまる。

エネルギー危機や省資源などがさかんに言われている現在は、そういったマーケティングを具体的に目にとめやすい時期でもある。省資源にあわせて、電力をなるべく消費しないようにつくられたテレビがす早く登場した一事を見ても、マーケティングが私たちの生活といかに密接であるかがわかる。

ようするに、「買いなさい、買いなさい」と常にさまざまな方向からすすめられている状況のなかにあって、この私の文章の主題である「個性とはなにか?」という、自らに対する問いかけは、はたして可能だろうか。

可能だ、と私は考える。「買え、買え」と不断に言いつづけられているなかで「個性」をつくり出すならば、そのひとつの方法は、買わないという行為に出ることだ。

買わない行為とは、ただ口先でとなえる不買運動や節約などではない。いっさいのものをすべて買わずにすますことはまず不可能なのだから、現実の策としては、できるだけすくなく買って生きてゆく、ということになる。

いったいなにを、どんなふうにどのようにすくなく買うのか、という問いには、抽象的にすら、こたえることはできない。なぜならば、なにをどのようにすくなく買うかは、できるだけすくなく買って生きていくその人自身が、生きるという自らの行動のなかで決定していくことであるからだ。

いまだに商品となりつづけている人生論の空念仏のなかでは、すべての人生が一様に抽象的に語りとおされている。この画一的な平板さに対して、できるだけすくなく買って生きるという具体的な人生論は、個々それぞれにさまざまであり、ひとつの言葉でひっくくることなど、とうてい出来そうにない。こうなってはじめて、「個性」というものの実像が目の前に出てくるのではないだろうか。いや、そうにちがいない。

「個性」とは、いまさら言うまでもないことだが、なにを買うかによって決定されるものでも造り出されるものでもない。「買え！」と命令されている時代のなかでは、買わないことが「個性」にとっての出発点であり、なにのためにどのようなものをどう買わないのか、その買わない過程が、「個性」の創造のプロセスなのだ。

流行の服に必然的に附属していると言われている「個性」がいかに虚構であるかは、その「個性」が本来の「個性」とはまったく逆の方法で手に入る事実が証明してくれている。

まず店へ出むいていき、そこにあらかじめ用意されている何種類かの服を見ながら、自分の都合あるいは自分の好みなどに照らしあわせて一点を選び代金を支払う、という行為によって、流行の服は、たやすく手に入る。

そのようにして手に入った服は、自分独特の生き方からしぼり出されてきた、せっぱつまった必要から求められた服ではないので、常にセカンド・ベスト（次善の品）でしかない。確固たる立脚点を持たないセカンド・ベストだからこそ、流行に応じて次々にとりかえていくことも、ごく自然に可能になってくる。

「個性」とは、自分自身で選び取った、自分だけの生き方のぜんたいのことなのだ。その独自の生き方を持って、世の中や社会などと接していくとき、その接し方として、「個性」は具体的に発揮されていく。

あくまでも具体的に発揮されていかなければ、「個性」はいくら「個性的」であっても意味を持たない。「個性」は単なる論ではなく、ここにひとりの「個性的な人間」がいれば、その人の肉体の存在そのものが「個性」でなければならないからだ。

私たちの生活様式のなかのありとあらゆるジャンルに、マーケティングは食いついてくる。そして、生活様式をトータルに支配し、私たちの日常のぜんたいを商売の対象にしようとこころみる。

そのマーケティングに対して、私たちが持ちうる唯一の根拠地は、自分自身の肉体の存在なのだ。この場合の肉体とは、あるひとりの人間の、具体的な生き方のすべて、というような意味だ。自分が自分のために我が手で選び取った生き方が「個性」の出発点であり、その生き方が日々の生活のなかで具体的に展開されていくとき、その過程のなかに私たちは「個性」の創造を見る。「個性」は、具体的な生き方のなかで社会と接していく。そして、社会と接するとき、その「個性」は、私的な領域を充分に保持しつつなお、公的なひろがりを持った共同意識のようなものに昇華されていく必要がある、と私は考えている。

この文章でいちばんさきにひとつの例としてあげた「個性的な装い」は、「個性」が持つ私的な領域の典型としてとらえることができる。もちろん、「個性的な装い」だけでは「個性」ではないのだが、たとえば「節約」とか「緑化」あるいは「努力」「生きがい」などの普遍的な人生論、つまり一般的に認識されている社会性とか公の領域を強引につくりあげるための土台としての私的領域としては、これでも充分だ。

「個性」が日々の具体的な展開のなかで社会と接していくとき、その接しかたが、たとえば、「できるだけたくさんおかねを稼ぐ」というような接し方にとどまるかぎり、その「個性」はいくら「個性的」であっても、「個性的な装い」と基本的には同質の、私的な領域内での出来事でしかない。

肉体の存在そのものはコマーシャリズムによってからめとられることはないとは言っても、食品添加物などは、文字どおり肉体自身への商策の侵略であり、その侵略は、食品革命とかインスタント食品の万人にとっての便利さなどという、一見、公共的な旗印によって支えられている。

こうした、虚構の公共性の構造を解消するには、私的な生活領域内部のことがらが自然発生的にほんとうの意味での公共の領域での出来事へと、変質していかなければならない。

「個性」についてこの文章を書きながら、予感はあったのだが、現代が持つ至難事のひとつにやはりいきあたってしまった。

私的な領域と公的な領域とにおける、共に錯覚や虚構でしかない「個性」の二元構造が目の前にある。本物の「個性」つまり、のっぴきならない選択の果てに手にしたおのれの生き方は、極私的な領域の内部へもぐりこみがちだ。

自己の存在の深内部にある、核のようなものこそ、その人なりの「個性」であると広く考えられているようだが、これはちがう。「個性」とは、ほかのものと取りかえることの不可能な自分の生き方のトータルであり、その生き方が具体的に継続されているかぎり、その生き方は常に社会と接する。接するとき、ひろがろうとする「個性」は、それをたとえば「個性的な装い」のような私的な領域に押しもどそうとする途方もない力を感じるはずだ。「個性」は、だから、その力との格闘なのだ。

ぼくの食料品体験

1　アメリカの安物食料品と、海の幸

　ふと、妙なことを思いついた。ぼくが物心つきはじめた頃に食べたもののなかから、印象の強かったものを、できるだけたくさん思い出し、列挙してみよう、ということを思いついたのだ。ぼくが小学校に入学するまえの年だかに広島に原子爆弾が落とされている。だから、ぼくが物心つきはじめた頃とは、原子爆弾をほぼ起点に、それ以後の数年間、ということになる。とてもとても古い話だ。

　印象の強かった食べもののなかでまずいちばんはじめにあげなくてはいけないのは、ライス・プディングだ。アメリカ兵たちが野戦用に持っていく簡易携帯食のうちの、デザートだ。薄い鉄板でき

た、タバコの箱ほどの大きさのケースにつまっていた。まっ白い米がぐつぐつに煮てあり、食べると素敵に甘いのだった。甘いだけではなく、とてもいい香りがしていた。ずっとあとになって、アメリカで、自分は硫黄島の戦闘に参加したという男性と知りあった。たまたま話がライス・プディングのことにおよび、彼は、ああ、それなら船を降りるまえに食べたりしてたよ、と言った。米兵たちは、ライス・プディングのデザートを食べてから硫黄島の攻撃にむかったのだ。

各種のキャラメルが、ぎっしりとつまっている箱もあった。この頃からぼくは甘いものはたいして好きではなかったから、箱からキャラメルをみんな出し、再びもとどおりにつめなおしては遊んでいた。ぜったいにもとどおりにはならないのだった。いろんなかたちと味のキャラメルが、効率よく巧みに、小さなカンのなかにつめてあった。リグレーのチューインガム、なかでもジューシー・フルーツという味を知ったのは、この小さな鉄の箱のなかからだった。

チョコレート・バーも、よく身辺にあった。

「三銃士」印の、なかにヌガーのようなものが入っているチョコレート・バーが印象に残っている。ジェリー・ビーンズも、忘れがたい。まが玉のような、豆に似せたかたちをしていて、いろんな色がある。色ごとに味がちがった。紫色のやつが、その奇怪な香りと共に、深く記憶にきざまれている。靴をみがくためのシュー・ポリッシュのようなにおいだった。

ハーシーの板チョコとか、粉末。各種のロリポップ。日本でいうドロップ。それに、マシュマロ。マシュマロは、たき火をしながら、木の枝に突きさし火であぶって食べた。クラッカーやビスケットもよく食べた。食べものではないけれど、味の一種として、コルゲートの歯みがきをあげておかなくてはいけない。下剤のチューインガム、というのもあった。小さな長方形の糖衣になっていて、外観も味も普通のガムにそっくりなのだ。ジープのアメリカ兵たちが、日本の子供たちにふざけて配っていた。

「ジマイマおばさん」印の、パンケーキの粉で、ホットケーキをつくってもらっては食べた。ジマイマおばさんは、黒人のおばさんだ。パンケーキの粉の入った箱のおもてに描いてあった。いまでもはっきりとおぼえている。歯が白くて、丸い顔だった。肌色は黒というよりもダーク・ブラウン。精いっぱいに明かるく笑っている顔なのだが、なんとなく瞳が冷えている、という感じがあった。

このジマイマおばさんのホットケーキに、ログ・キャビンのメイプル・シロップをかけるのだ。当時のログ・キャビンのシロップは、ほんとうにメイプル・シロップだったから、いまのとはまるで味がちがった。その味よりもずっと強くぼくの印象に残っているのは、アメリカの丸木小屋を模したブリキの容器だった。煙突のさきが、注ぎ口になっていた。こんなパッケージにぼくは心ひかれ、さらに、アメリカのメイプルの林からとれるシロップが遠くいま日本にいる自分の手のなかにあるという一種の魔法に、幼いぼくは、幼いなりに感嘆していた。

ソントン、スキピー、オズなどのピーナツ・バター。デルモンテのトマト・ケチャップ。ベスト・フーズのマヨネーズ。ドールのパイナップル。このパイナップルのカンづめには、普通の輪切りのではなく、小さくこま切れになった、ぐちゃぐちゃの、「クラッシュド」というのがあった。いまではさっぱり目に触れないけれど、どうなってしまったのだろう。

さらに、カンづめ類では、コーンド・ビーフ。ソーセージ。日本でいうグリーンピース。トウモロコシ。レバー・ペースト。「カーネーション」印のミルクなど、いつもは忘れているけれど、こうして書いていると、スーパーマーケットの棚をながめているかのように、思い出されてくる。カンづめではないけれど、クノールのチキン・ヌードル・スープとか、ケロッグのコーン・フレークス。マギーの小さなサイコロのような固形スープ。こんなものが目の前にちらついてくる。

以上、五歳、六歳、七歳ころのぼくが食べていたもののなかから、印象深いものをあげてみた。こうなるのではないだろうかと思ってはいたのだが、やっぱりそうだ、アメリカのものばかりだ。やい、アメリカ！ これをいったいどうしてくれるのだ、と言いたい気持がしてきた。当時のぼくが置かれていた多少とも特殊な状況のせいでもあるのだろうけれど、まるっきりアメリカづくしであるのには自分でも不思議な気分だ。

いわゆる「日本の味」に深く触れた思い出なんかこれっぽっちもないかわりに、アメリカン・スーパーマーケット・ディナーとでも呼びたくなるような、それぞれに加工やパッケージをほどこされた大量生産食品、しかも主として安物のそれが、目白押しにならんでいる。アメリカでスーパーマーケットに入るとなぜだか心の安らぎに似たものを覚えるのだが、幼年期の食料品体験が影を落としているせいにちがいない。

当時、世の中は戦後のどさくさだったから、「日本の味」など、どこにもなかったはずだ。よくひきあいに出される、駅前のバラック商店街のゾウスイなどが、この時期の「日本の味」の原点なのだろうけれど、これをぼくは一度も食べたことがない。

それに近いものとして、小学校の給食を、かろうじてあげることができる。これもまたアメリカから来たという脱脂粉乳。そして、オレンジ・ジュース。脱脂粉乳は、大きなカマに湯を注いで溶かす。長い柄のついたひしゃくで、小使いのおじさんやおばさんが、カマのなかをかきまわして溶かしていた。なかなか溶かしきれるものではなく、教室までバケツに入れてもってきて生徒たちに配ってからも、小さなぶつぶつがたくさんあった。

配る役は当番制で生徒たちがやっていた。生徒たちが持ってきている容器は、アルミニウムのコップだった。日本の戦闘機の翼をつぶしてつくったとか、あるいは、米軍のグラマンの胴体を払いさげてもらってつくったとか、さかんに言われていたアルミニウム製だ。アルミニウムで思い出したけれど、この頃、折りたたみ式の弁当箱というものがあった。

脱脂粉乳は、なんとも言えずまずいものだった。しかし、まずい食べものに対して体ぜんたいをなれさせるという点では、小学校低学年におけるこのまずい脱脂粉乳の給食は、たいへんに効果的であったはずだ。

オレンジ・ジュースのほうは、きわめてすっぱいしろものだった。対潜水雷のようなかたちをしたカンに入っていた。これを、理科の実験に使う目盛りのついたビーカーで、生徒たちに配るのだ。きれいな色をしていたけれど、そのすっぱさには、涙が出ることさえあった。

こんなふうに、小学校のなかばころまで、アメリカの安物の食料品が圧倒的な印象として、今でも心のなかに残っている。もちろん、いつもこんなものを食べていたわけではないような気がする。日常的な主食は、当時の日本を支配していた粗食であったにちがいない。かなり広い畑があり、エンドウ豆やサツマイモ、トウモロコシ、スイカなどが実っていたことを記憶しているから、こんなものをベースにした日本食を食べていたはずだ。

にもかかわらず、食料品体験はひどく奇型的だ。いまはじめて、このことにぼくは気がついた。ごく普通の日本の味、たとえば焼き魚に豆ゴハンとか、ミソ汁、テンプラなどの味が、なぜ記憶に残っていないのだろう。日常的すぎるため、意識の下にもぐりこんでしまって出てこないのだろうか。敗戦後の世の中で、アメリカの安物がことのほか輝いて見えたり、あるいは、そういったものに対して劣等感のようなものを覚えた記憶もない。近くの海でとれたばかりの、なんら加工されないイワシや、畑でとって皮をむいてきたばかりの豆をたきこんだ豆ごはんなどの、より自然に近いものに対して、アメリカのさまざまな安物は加工とパッケージングの産物だったから、加工やパッケージングという魔法に、ぼくはひかれていたのだろうか。

アメリカの安物食料品体験のあと、不思議なことに、当時はまだ美しかった瀬戸内海の「海の幸」の体験がつづく。家族の親しい友人にセミ・プロの漁師がいた。沖合いの海のなかに網が張ってあり、小さな漁船に乗って、午後その網をあげにいく。いろんな魚がひっかかっている。カニもいたし、ナマコやタコもいた。船の胴体に海水をためた小さなプールがあり、ここへ網からとれた魚をためこんでいく。ナマコなど、その場でホウチョウで切り、ショウ油をつけて食べていた。イワシは、指のあいだでぴちぴちとはねるのを、尾のところにホウチョウで切りこみをつけ、両手でピッ！と引き裂き、やはりショウ油をつけ、噛むというよりはそのまま飲みくだす。こうしたとりたての「海の幸」のうまさといったらない。そして、この新鮮な、汚染の心配などまったくないうまさを直接に知っているだけに、いまの都会のスーパーマーケットで売られている魚の独特なまずさに対して、妙な度胸ができてしまっている。とにかくいちばんうまいのはとりたてであり、とってから日がたったり加工がほどこされたりすればうまさがなくなるのは当然であり、どうまずくなったっておどろかない、という度胸だ。

トマトに関しても、畑で陽を浴びて実っているのを我が手でもぎとって食べるということを日常的におこなっていたから、そのうまさを知っている。もいできたばかりのトマトを海へ持っていき、ボールがわりにさんざん遊んでから、海の水を塩のかわりにして食べていた。

このトマトが、いまから何年まえのことだろう、あるときをさかいに急にまずくなってしまった。まずくなって当然なのだ、という感慨しか持つことができない。少年の日に、あんなに美しくてしかも魚のおいしかった瀬戸内海が、いまは「死の海」だという。あの瀬戸内海がいま「死の海」なら、トマトだってうまいはずがねえや、とこう思う。トマトの味をもとにもどしたければ、瀬戸内海もなにもかも、もとにもどさなくてはいけない。全地球的なスケールで、もとにもどさなくてはいけないとき、たとえばうまいトマトを求めて食べ歩くという行為がいかに可能だとしても、すくなくともぼくはその行為を選択する気にはなれない、たとえば片田舎で、あるいは外国で、うまいトマトにめぐりあって感激することはあるかもしれないけれど、都会のまんなかにいるときは、レストランのメニューに書きこまれた「トマト・サラダ」の六文字を不思議な気持で見ながら、「サラダはいかがいたしましょう」というウエイターの呪文に首を左右に振っている。「トマト・サラダ」は、もう存在しないのだ、とぼくは信じているから。

2 彼女が買ってきてくれたヨーグルトに、黄色い小さな花が差してあった日

ぼくが高校の二年のときだったかなあ。ある気持のよい初夏の日の放課後のことだった。放課後、さらになにかをやらなくてはいけなかったのだと思う。なにだったのかは、忘れた。ぼくは、何人かのクラスメイトたちといっしょに、がらんとした校舎のなかに、のこっていた。

おなかがすいていた。学校のなかにパン屋さんがあり、そこでカレーパンとコーヒー牛乳ないしはヨーグルトを買って食べようと、ぼくは思った。

「あら、パン屋さん、もう、やっていないわよ」

と、クラスメイトの女の子が言った。

「お昼には、やってたよ」

ぼくがこたえると、彼女は、

「今日は、お昼で終りなんですって」

「腹へったなあ」

「お弁当を二時間目の終りに食べちゃうんですもんね」

「腹へった」

「お昼は、どうしてたの?」

「カレーパンを食った」

「いま、なに食べたいの?」

「カレーパン」

「好きねえ、カレーパンが」

ああ、腹へった、とぼくは、さらにもう一度くりかえした。

「買ってきたげる」

彼女はぼくにそう言った。

校門を出たすぐのところにもパン屋さんがあり、そこまで自分たちもアンパンと牛乳を買いにいくので、ついでに買ってきてあげるわ、と彼女は言うのだ。

「なにがいいの? ほんとにカレーパン?」

「ほんとに、カレーパン。それから、ヨーグルト」

このごろのぼくは、ヨーグルトがとても好きだった。学校へくれば、多い日で一日に五つは食べた。

ぼくは彼女に、おカネを渡した。彼女は、ほかの女の子たちといっしょに、教室を出て廊下を歩いていった。

やがてぼくも、教室を出ていった。

パンとヨーグルトを買ってきてくれる彼女をなぜ待たずに教室を出ていったのか、その理由なんかもう、忘れてしまった。

体育館へいき、放課後いつもそのあたりにたむろしている悪友たちとひとしきりふざけていて、ふとぼくは気がついた。

クラスメイトの女の子たちが、白いジム・ウエアに着替え、体育館のフロアのむこうの端で、バレーボールをやっているのだった。

ぼくにカレーパンとヨーグルトを買ってきてくれると言った彼女も、いっしょになってバレーボールをやっていた。

カレーパンとヨーグルトを思い出したぼくは、体育館を出て校庭を横切り、いちばんむこうの端にあるぼくたちの教室にむかった。

だれもいない教室に入ったぼくは、窓辺の自分の席にすわった。机のなかには、パンを入れた紙袋と冷えたヨーグルトのガラスびんが、入れてあった。ぼくは、それを取り出した。

紙袋には、油がにじんでいた。まさしくカレーパンの油だ。カレーのにおいがする。ぼくは、幸せな気分だった。

そして、ヨーグルトのビンを取り出したとき、その幸せな気分は、いっきょに、最高のところまで、たかめられた。

当時のヨーグルトは、いまの牛乳ビンを半分の高さにしたようなかっこうをしていて、紙のフタがはめてあった。フタにはつまみがあり、ひっぱるとたやすくはずれる。

紙のフタが、はずしてあり、すこしずれていた。そのずれたすき間から、黄色っぽくて小さなかわいい花が、けなげな緑色の、やはり小さな葉と共に、顔をのぞかせていた。

なんだろう、と思って、ぼくは、紙フタをはずした。白い、つるつるのヨーグルトの表面に、なんのためらいもなく、くっきりと、黄色い花と緑の葉のついた茎が、さっとさしこんであったのだ。とても、きれいだった。

買ってきてくれた彼女が、さしこんでくれた花なのだ！　校門のちかくに、生徒たちがつくっている花園がある。そこから、一本、つんできた花にちがいない。

ぼくは、ヨーグルトから花をぬかずに、そこのとこだけのこしてさきに食べ、最後に花のささっていた穴も食べた。うれしかったなあ。あの美しい初夏の午後、彼女がさしてくれた小さな黄色い花を見ながら食べたヨーグルトとカレーパンのずっとむこうに、いまは校庭に出てきてバレーボールをやっている彼女たちが見え、そのさらにさきに、やさしさの永遠を、ぼくは確実に見た。

ぼくと本とのつきあい方

1　ガリ版刷りの教科書というものが、あったんだ

「一冊の本」という聞きなれた言葉にも、いろんなうけとめかたがある。自分にとってなんらかの意味で忘れがたいものとなっている一冊の本、というような意味にもし解釈するなら、その「一冊の本」は、いたるところにある。つまり、一冊をえらびだすことなんかとてもできないよ、と思いつつ、すこし考えてみると、あ、そうだ、あの本、それからこの本もと、次々にうかびあがってくる。

　子供のころから、ごく大ざっぱな記憶をたどりながら「一冊の本」を思い出してみると、いろいろある。

敗戦の翌々年が小学校一年生になった年だから、ガリ版刷りの、とじてもいない教科書など、「一冊の本」のうちだ。兵隊さんの話をスミで消して使った古風な色刷りの教科書もそうだ。毎日、当番をきめては、放課後にスズリでスミをすり、先生が黒板に書き出す部分に、スミをフデで塗っていくのだ。はじめのうちは、きちんと指定されたところだけにスミを塗っていたのだが、そのうちに退屈してきて、友人たちと共謀し、でたらめにスミを塗った。学校の教科書というものにぼくがグッドバイを告げはじめた最初だ。

高校のとき、二階の窓ぎわの席にすわり、五月のうららかな陽光の降り注ぐ校庭にむかって、解析IIの教科書を一ページずつ破ってはヒコーキを折り、次々にとばしたっけ。昼さがりの退屈な授業を眠らずにきりぬけるには、そんな方法しかなかった。校庭には、紙ヒコーキが点々と散らばり、ちょっと壮観だった。この「一冊の本」も、忘れられない。

敗戦後の物資のない時期、ぼくは基地のある田舎町にいた。粗末な紙に印刷した少年むきの読物が、すこしずつ出まわりはじめた。南洋一郎さんがペンネームをつかって量産していた読物も、忘れがたい。『宝島』『ああ、無情』『リンカーン物語』など、いまでも持っている。『宝島』には、胸がおどった。冬の日の陽だまりのなかで、何度くりかえし読んだだろう。このような物語単行本を出版していた会社が、いまでは児童図書専門の大出版社になっている。

おぼろげな印象記憶だからあまりあてにはならないが、この時期に読んだ日本語による少年むけの読物は、筆致が暗かったように思う。陰湿ではなく、暗いのだ。戦争のあった時代が、そのような文章のなかにも、影を落としていたのだろうか。

『動く実験室』や『子供の科学』のような少年むけの自然科学雑誌も、記憶のなかにとても大きなスペースをしめている。『少年』『少年クラブ』『面白ブック』『冒険王』も誰がなんといおうと、ぜったいに、「一冊の本」なのだ。そして、こういった雑誌についていた豪華四大付録などの、第三付録、第四付録として世に出されていた小さなマンガ本も、「一冊の本」だ。遊び場であった山や海以上に、少年にとっては宝物だった。バカなギャグ・マンガのひとコマひとコマが生きて命を持ち、少年をいかになぐさめ力づけてくれたことか。

少年読物として夢中になったものの最後は岩波少年文庫の『ロビン・フッド』だった。これ以後、ぼくはあまり本を読まなくなった。日本文学のなかから「一冊の本」をあげると、『坊っちゃん』しかない。楽しく読めたのは、これだけだ。夏休みの宿題などで無理して「名作」をいくつか読もうとしたことがあったけれど、読んでもよくわからないという理由から、ついにどれも読みとおせず、日本文学では『坊っちゃん』しか知らない。

以上が、少年の日々のなかからさがしだした「一冊の本」だ。そしてぼくの場合、アメリカ語の本も、同時に何冊か、あげておかなければならない。

まず、教科書がある。日本語の教科書とはくらべものにならない立派な造本だ。表紙は固く厚く、ずしりと重たい。なかは色刷りで、においが独特だった。

大昔の『ナショナル・リーダー』も自宅にしまいこんであったらしく、こんな本もぼくにアメリカ語を教えてくれる道具になった。

『リトル・ゴールデン・ブック』という、幼児むけの絵本のシリーズも、少年の日の夢をかたちづくってくれた。アメリカの絵本類が豊富にあり、そのどれもが、「一冊の本」として記憶にとどまるだけではなく、ぼくの感受性の形成に重大な影響をあたえているはずだ。

『レインボー・ディクショナリー』という辞書も、忘れられない。すっかり古ぼけたのをいまでも持っている。戦争が終った年にアメリカで刊行され、すぐに誰かが手に入れ、ぼくにプレゼントしてくれた。

色刷りの絵をたくさんつかった、ごく幼い子供むけの簡単な辞典だ。それでも二三〇〇項目も収録されていて、日本にあてはめると中学校の三年間で学ぶ程度のアメリカ語が完全に勉強できる。

少年ではなくなって以来のぼくにとっての「一冊の本」は、さて、なになのだろう。ちょっとでも興味をひかれた本は、できるだけかたっぱしから買いこんでおくようにしているから、読む読まないに関係なく、そのいずれもが、「一冊の本」なのだ。文学書はほとんどなく、それ以外のものが多い。

アメリカのペーパーバックもよく買う。ペーパーバックの場合は、小説が多い。読んでみるまではわからないのだけれど、ながいあいだの修練によって、ペーパーバックで出てくる小説のなかから面白い小説をさぐりあてる能力がかなりたかまってきているから、買いこんだペーパーバックは、文字どおりどれもが等しく「一冊の本」だ。かたちはおなじだし、値段は似たりよったり。書店で手にとり、「これは面白そうだ、買おう」と思うときのぼくの気持もおなじだ。だから、これまでに買いこんだペーパーバックの山ぜんたいが「一冊の本」なのだと言える。

いわゆる座右の書としての「一冊の本」はないものかと考えて、さがしてみた。だが、一冊もない。座右の書として決定的なものがもし一冊ぼくの手もとにあったなら、ぼくはうれしくない。なぜならその「一冊の本」が自らの世界として持っている範囲内にぼくもとどまってしまうことを意味するからだ。ただし、テクニカルな本は、べつだ。たとえば『ドゥカティ・デスモドロミックのメインテナンスとリペアのマニュアル』といったようなオートバイ修理の本は、いくら座右の書になっても、気にならない。こういった本以外の本は、あまり身にまといつけないようにしている。いつのまにかそうなってしまったのだ。

2　ハロー！　土星の環

土星の環との出会いについて書いておきたいという、のんきな気分がおこってきた。土星とは、星の土星だ。太陽系のなかの星のひとつで、「環」がはまっているというあの星だ。

土星および土星の「環」についてぼくがはじめて知ったのは、おそらく小学校の三年生くらいのときではなかっただろうか。四年生だったかもしれない。ぼくは一九四〇年の生まれだから、小学校四年というと、一九五〇年にあたる。日本史年表を見ると、一九五〇年にはマッカーサーがまだ日本にいて、警察予備隊の創設を指令したりしていたことになっている。千円札が発行され、魚と衣料の統制が廃止され、年齢を満でかぞえることがはじまり、金閣寺が放火で焼けたりしていた年だそうだ。

こんなことは、なにも知らないし、おぼえてもいない。小学校の四年生だから、日常の関心事はやはり土星の「環」なのだ。当時、『動く実験室』という名前の、子供むけの雑誌があった。誌名からおしはかられるとおり、科学雑誌なのだった。科学といっても、なんとなくうさんくさい感じの記事が多かったように記憶している。幻灯機のつくり方という実用記事が、ひんぱんにのっていた。家庭の天井からぶらさがっている四〇ワットとか六〇ワットの裸電球を光源にする幻灯機だ。当時、どこの家庭にもある電化製品といえば、この裸電球だけだった。

記事の指示どおりにボール紙でこの幻灯機をつくって映写すると、天体図や星座の図などが、ほのかにせつなく黄色っぽく、板ばりの天井や白塗りの土壁に映るのだ。話がそれてきた。もとにもどそう。

この子供むけ科学雑誌『動く実験室』のページの片隅に、ところどころ、小さな四角い広告がのっていた。

昆虫採集セットとかHOゲージの模型電気機関車の組立キットなどの通信販売広告だ。この広告のなかに、天体望遠鏡の製作キットがあった。ほとんど毎号、まったくおなじ絵柄と文案でその広告は掲載されていた。ぼくの記憶にとどまっているもっともすぐれて効果的だった文案は、

「土星の環が見えます」

という文案だった。

土星に「環」があるということは、すでに知っていた。星の群れが土星を「環」のようにとりまいているのだということだったが、平たくて広がりのある、ソリッドな感じの「環」が、パカンとはまっている絵が子供むけの雑誌にいつも描いてあったから、土星の「環」は、ドーナツを平べったくし

たようなものなのだという幻想的な認識がいまでもつきまとっている。

ふうん、土星の「環」が見える天体望遠鏡なのかあと、ぼくはその小さな広告を何度もながめては、感心していた。土星の表面に立ったとき、その「環」は自分の目にどんなふうに見えるものなのか、あれこれ想像しているうちに時がたち、その天体望遠鏡を我が手でつくって土星をながめるということは、ついになかった。住んでいたところには海と山とがほぼ理想的なかたちで存在していたから、そのいずれかで遊びほうけているほうが面白かったからにちがいない。

宇宙や天体などについて幻想するとき、土星の「環」は、ぼくにとっては、人間の体にたとえればヘソのような位置や重要度を、いまだに保っている。はじめに間接的に出会ったものは、あとになってほぼかならず、直接の出会いをぼくは体験しているのだが、土星の「環」とは直接に出会えていない。

しかし、直接の出会い以上に具体的なかたちで、一度だけ、ぼくは土星の「環」に出会った。アメリカのイリノイ州のまっただなかに広がっているトウモロコシ畑のなかを、ある初夏の夜中、自動車で走っていたときのことだ。マリワナを精製したものだったか、マリワナの化学式どおりに人工的につくったものだったか、残念ながら忘れたけれど、ＴＨＣとかいう粉末を飲んで、相棒の白人青年と共に、一般の公道ではない、畑のなかのまっすぐな道を走っていた。

当然のことながらやがてハイな状態になってきた。ぼくは自動車ごと深夜の大宇宙の蒼空に舞いあがり、飛んだのだ。土星の「環」があり、輝く無数の発光体が帯状に平たく並んでいる上を、ぼくの宇宙自動車は走った。「環」が宇宙の片隅で垂直になったり裏がえしになったりし、「環」のおもてから裏にぬけ出たり、さまざまなことをぼくは楽しんだ。そのこわさとスリルにおいてこの体験はきわめつきだから、二度とやりたいとは思わない。土星の近くを飛んでいく宇宙ロケットの窓から、ふうん、あれが土星の「環」か、と冷静に科学的に、ぜひながめてみたいものだとぼくは考えているのだが。

3　ペーパーバック・ライターたちとのつきあい

アメリカのペーパーバックとのつきあいは、ぼくがものごころついたときからだ。GIが読みすてたのや基地のなかで売られていたペーパーバックが、いつも何冊も家のなかにあった。まじめな実用書が多かったようだ。明快なアメリカ語の世界をときたまぼくはのぞいたりしていた。

中学生のときには西部劇小説を冒険小説としてかたっぱしからペーパーバックで読んだ。高校のときには本なんか読んでいるヒマはなく、大学生になって時間がすこしでき、アメリカのペーパーバックのなかから大衆娯楽文学ともいうべきサスペンス小説のたぐいを、かなりたくさん読んだ。

おなじようなかたち、ページ数、造本の、無数にちかいペーパーバックのなかに、無名の書き手がみごとに娯楽作品として独立させている作品群への共感は、活字読み物から得られる楽しさとしてはいちばん面白かった。読むものといえばこればかりで、日本語の本はほとんど読まなかった。いまでもその傾向はつづいている。

ペーパーバックを買ってきて読むという行為は、たしかに「読む」という行為にはちがいないのだが、「読む」ことだけに限定できない、もっと広がりのあるトータルな行為のように感じられた。

アメリカのペーパーバックは、「本」というよりもパッケージだ。表紙絵、文字の巧みなレイアウト、宣伝コピー、背をのぞいた三方に塗ってある赤や黄や緑の色、手に取ったときの雰囲気や質感、ニュース・スタンドにずらりとならべられているときの様子など、いろんな要素が、一冊のペーパーバックをひとつのパッケージにしている。

活字でつづられているなかみもさることながら、このパッケージ感覚は、まさに大衆文化だった。ペーパーバックを買ってきて読むのは、大衆のひとりになりきる行為でもあった。いまでもぼくが本といえばペーパーバックがいちばん好きなのは、ぼく自身が大衆のひとりであるからだ。

西部小説でも冒険小説でも、あるいはサスペンス小説、そのときどきのベストセラー小説など、なんでもいいのだが、面白いのにあたったときの楽しさは、少額のおカネでじつにいい買い物をしたなあ、と感嘆する楽しさだ。おなじそのペーパーバック作品がパッケージ商品として広くばらまかれている事実には奇妙な安堵感がある。つまり、すぐれたペーパーバック作品への共感は、作者の持つ個人的なしんきくさい文学世界に閉じこめられることではなく、多数のなかでの広い共感世界にむかって開かれていくことだ。だから、ペーパーバックを読んで楽しむという行為は、自分の存在ぜんたいで大衆になりきるという、トータリティのある肉体行為なのだ。いまもこれからも、そのことにかわりはない。

逆に言うと、ペーパーバックの書き手たちは、大衆の共感世界のなかに自ら完全に埋没していて、顔もかたちも見せない。たまに作者の顔写真が裏表紙に小さくのっていたりすると、それはまったく冗談にしか見えないところが、最高に良い。

無数にあるペーパーバックのなかから、いくつかひろいあげて我がものにしていく共感は、すぐれた作品ひとつひとつへの共感というよりも、自分が大衆である事実への共感であるような気がしてならない。

いわゆる「戦後」つまり敗戦後まだ日本の本が満足に手に入らない時期、アメリカのペーパーバックや兵隊用の横長の簡易装丁本が夜店でさかんに売られ、飛ぶように売れたという。この時期のことは、ぼくは乳のみ児だったからなにも知らない。夜店や露店は、銀座や新橋にもあったそうだ。植草甚一さんのどの著作だったか、外国のミステリー小説を同好の友人たちといっしょにペーパーバックで買いあつめる楽しさを活写した文章がある。

日本で戦後からつづいてきたペーパーバック露店のおそらく最後のものだったにちがいない二軒の露店が、昭和三十七年、三十八年ころにはまだ東京にあった。神田神保町の、かつての神田日活から駿河台交叉点のほうへ一本だけ寄った細い道に、おたがいに斜めにむかいあって、ペーパーバックの露店があった。アメリカで新刊ペーパーバックの広い棚にむきあうとき、この露店にならべられていた中古のペーパーバックの群れがふと目の前によみがえる。

もっとも忘れがたいペーパーバックは、アメリカ人の友人が読みおえてぼくにくれた分厚い小説だ。ニカワでとじた背は完全に丸く内側に弧を描き、ページはぶわあっとふくれあがり、四角い本というよりも紙くずの丸いかたまりのようだった。読んだ当人のその読み方が、ペーパーバックではかたちに残る。このペーパーバックは、いまでもぼくのペーパーバックの山のなかにあるはずだ。

少年たちはたしかに映画を観た

映画をはじめて観たのは、基地の町の一般用の暗い映画館のなかだった。上映開始を告げるベルが鳴り、さあ映画がはじまります、というアナウンスがあったように記憶しているけれど、たしかではない。

ほの暗い照明が次第に消えて館内は暗くなり、と同時にシャラシャラとレールのうえを滑る滑車の音と共に幕が開く。スクリーンが四角に明るくなる。奇妙な暗さをたたえた明るさだった。ニュース映画があったように思う。ニュースリールのタイトルは、映画館の暗闇からスクリーンという穴をとおしてのぞき見る、世界の顔だった。

映画館の建物は戦前からあったものにちがいない。どこへいっても見られない、クッションの入ったビロードばりの椅子があった。こんな椅子があるのは、映画館だけだった。いや、ひょっとして、木製のながいベンチだったかもしれない。ベンチとまではいかなくとも、ひとりがけの木製の椅子だったかもしれない。二階席があり、両わきにバルコニー席が張り出ていた。

暗い映画館のなかに、音がこだました。不自然な音だった。光りは、一色だった。背後の映写室の壁にあけた穴からシャーッという音と共に、照射されてくる光りは、スクリーンの大きさへと広がっていくため、途中から見えなくなった。せまい幅の光りの束として暗闇をよぎっていくところでは、光のなかをホコリが常に立ちのぼっていた。スクリーンの像が動くと、それに合わせて、光りの束が動いた。

モノクローム、というよりも、濃いセピア色と古びたクリーム色のせつない映像が、スクリーンのうえで動いていた。

映画を観にいくのは、特別なことだった。幼い少年がひとりで映画館に入ってはいけない、と大人たちに言われていたし、世の中の誰もが、少年が映画を観るのは特別なことなのだと信じていた。映画というものに対して、はじめから、かまえが出来ていた。そして、現実に映画館のなかで映画を観て、映画はシカケなのだ、と思った。スクリーンのうえの世界は、常に背後からシャーッという音とともに、暗闇の頭上を光りの束になって飛んでいた。

最近親者たちは、なぜぼくを映画館につれていってくれたのか。学校外教育、のつもりだったのだろう。けなげな彼らは、子らに映画を観せよう、と決意した。子らに映画を観せようと思うが明日はどうだろう、と前日の夜に最近親者たちが相談をぶっていたのを、ぼくは記憶している。

幸か不幸か、はじめての映画に心はすこしふさいだ。面白くない映画だったせいが半分、そして、ぼくはシカケのなかにひっぱりこまれたぞ、という全身的な知覚のせいが半分。なにかの戦争映画だった。数人の兵士がゴムボートで洋上をただよっているシーンを記憶している。飛ぶ鳥をピストルで射ち落として食糧にしようとするのだが、命中しないのだ。銃声は平たいスクリーンに空しかった。

最初のアメリカ映画は、『エイブ・リンカン』だった。この映画を観る以前に、ぼくはリンカン物語を知っていた。やがてこの人はこうなるぞと思っていると、やはりそうなるのだった。そして、そのことに、感銘した。しかし、この映画に描かれたアメリカが、心のなかにどんなかたちにせよ影を落としたことはたしかだと言っていいだろう。

『キュリー夫人』そして、種痘のジェンナーの物語をほぼおなじころに観た。仕上げは、『少年の町』のファーザ・フラナガンだった。

このころ、ぼくは小学校の一年生かその前半、というがんぜない年齢だった。

ぼくよりさきの世代の人たちからアメリカ映画体験を聞くと、たいへん面白い。軍事的な教育をくぐってきて敗戦のショックを体験し、椅子もない満員の映画館のなかで空きっ腹をかかえ、アメリカのホームドラマふう明朗ミュージカル映画に、大げさに言えば魂を抜かれたという。中学の二年、三年くらいの年齢だと、文化とはこういうことなのかという、体のなかがからっぽになっていくような衝撃をうけることができたそうだ。戦後すぐに観たアメリカ映画のなかに描かれたアメリカ文化から、羨望、憧憬、衝撃、劣等感、啓示など、さまざまに入りまじった感動が己が身にしみこんでいったというような証言を、いくつも、ぼくよりも前の世代の人たちから容易にもらうことができる。

おなじく、ぼくも、アメリカ映画に決定的にまきこまれた。短篇の漫画映画を無数にちかく観ることができるようになってから、映画の大好きな少年に急変した。

そして、『オクラホマ・キッド』という西部劇を皮切りに、各種の活劇映画を、まるで嵐にあったように全身に浴びつくすという至福の時を、小学校を出るまで、持ちつづけた。さらに、中学の三年間も、活劇ばかりぼくは観ていた。

活劇！　西部のピストル男に、大海原のキャプテン・ブラッド！　ああ、なんという美しさ、こんな世界が地球上にあるのなら、ぼくもこういう世界のなかであんなふうに体を動かしたい。活劇をかたっぱしから観て、せつにこう願うのは、少年のささやかな全存在をかけたプライドだった。そのプライドは、活劇を観おえて映画館の外へぞろぞろと出てきたときの、現実の白昼の陽ざしや街なみなどから受ける異和感が支えていた。

戦後の九年間に公開された活劇の、まず全部をぼくは観ている。たいした数ではない。それに、無数の漫画映画。さらに、三流のみじかい西部劇。B級ウエスタン、という二流品よりずっと下の、四十五分とか五十分、ときによっては三十分ほどの、あっけない西部劇だ。晴天の夏の、白日のアリゾナを撮ってもなぜか灰色の曇天にしか見えない、じつに情ない西部劇だ。一級品からかっぱらってきたアクションやスペクタクル・シーンがさしこんであると、しかし、四十五分や五十分という時間が、黄金のきらめきを見るような時間に変わった。

活劇とは、そのときは無我夢中でわからなかったけれど、いま考えてみると、考えるまでもなく、体の動きなのだ。そして、体の動きとは、アタマとカラダの両方に対する等分の刺激だった。

活劇映画のなかで観てきたばかりのヒーローの動きの、もっとも気に入った部分を、ぼくたちはすぐさま真似した。たとえば『オクラホマ・キッド』だが、このなかに、ジェームズ・キャグニーが貨物列車のうえで誰かと射ち合うシーンがある。貨車の影からうまく敵対者をしとめたキャグニーは、手中の六連発の銃口に唇をちかづけ、フーッと息を銃口に吹きこみ、流れ出てくる硝煙の余韻を消したのだった。この動作を、ロイ・ロジャーズ印の銀ピカのオモチャのシクス・シューターで、ぼくはいったい何度、真似しただろう。

同類の数多くの動作が、いまはもう記憶から消えている。ジョン・ウェインが主演したほうの『駅馬車』のなかで、駅馬車を待ち伏せる荒野のなかのリンゴオ・キッドが、やってきた駅馬車をとめるべく、ウインチェスターを一発、射つ。射ったあと、リンゴオ・キッドは、指先でピストルを回転させるのとおなじ要領で、ウインチェスター銃をくるりと一回転させた。うわあ、ウインチェスターでもあんなことができるのか！　という、うれしい驚きは、天啓に近かった。後年、これを現実の西部で真似したぼくは、なぜか自分の手を離れて地面へ落ちていこうとする重いウインチェスターを、うろたえながら両手で受けとめなければならなかった。

総天然色、と呼ばれていた全篇カラーの映画を観たのは『若草物語』がはじめてだったのか、それとも『シベリア物語』だったか。後者では女の先生が地球儀を持って旅するのを記憶している。この二本の総天然色映画は、ぼくの意に反して無理やり観せられたものだ。自らすすんで観たのは『西部の王者』だった。ぎっしり満員の大人たちの肩ごしに、スクリーン上方に映っているまっ青な空しか見えなかった。バンバンと銃声が鳴っているのに、青い空のかけらしか見えないのは、ずいぶんいらだたしい。

無数に観た漫画映画も、アタマとカラダの両方に作用した。体の動きによる、理屈をこえた笑いは、肉体の快感だった。当時の短篇ドタバタ漫画のバックには、ジャズふうな音楽がよく使われていた。カンザス・シティ・ジャズを水増ししたような感じのものだ。スクリーン上の、けっしてなにごとをも達成せずドタバタに徹するだけの主人公たちの動きと相まって、こういった音楽が、休憩時間のジャズ・レコード演奏とかさなり、少年の身にしみこんでいったにちがいない。

こうして書いている現在のぼくに、はっきりとわかってくるひとつのことは、アメリカ映画のせいでぼくははじめからすこし馬鹿として育つように運命づけられていた、という事実だ。自分自身にとってわかりやすくするために平凡な言い方をするなら、アタマで考えるよりも体だよ、というようなテーマを数々の漫画と活劇とが、ぼくに教えこんでくれた。このテーマからはずれる映画は、したがってさっぱり面白くなく、みんなやりすごした。

カラダだよ、ということの仕上げをしてくれたのは、ターザン映画だった。髪を長くし、裸で夢のような密林にいるターザンは、猛獣たちに信が厚く、馬鹿な白人探検隊をやっつけ、樹のうえの素晴らしい小屋に住んでいる。そして、ひまができると、ジェーンと共にあの官能の池にとびこみ、泳ぐのだ。ジェーンおよび泳ぎについては、つたないながらほかのところでほぼ書きつくしたので、くりかえさないでおこう。ぼくにとってターザンとはジョニー・ワイズミュラーであり、それ以外ではありえない。まだ一点の汚れもなかった美しき瀬戸内海で泳ぎ暮らし遊びほうけた楽しさに、ターザンが重なっている。キネマ旬報増刊『アメリカ映画作品全集』で『ターザンの復讐』の項をなにげなく読んでいたら「監督はアメリカ映画界の美術監督の草わけ的存在で、のちに三度のアカデミー美術賞(『若草物語』『巴里のアメリカ人』『波止場』)を受賞したセドリック・ギボンズ」という記述があった。なるほど、そうだったのか。少年がイチコロでひっかかって当然だ。

ワイズミュラーのターザン映画が打ちどめになったころ、ぼくにとっての基本的なアメリカ映画体験も終ったのだ。ターザンをおえたあとのワイズミュラーのジャングル・ジムを観ながら、ぼくは明らかに退屈していた。十三歳くらいのころだ。

このころから、高校生として『エデンの東』や『さまよう青春』を観たころまでつづいた映画館入りびたりの日々は、映画中毒の状態だった。映画を観るのが、くせになっていた。そして、高校の終りごろには、この中毒症状と別れた。映画を観るために映画館へいくのが、なぜかしゃくにさわった。ジェームス・ディーンのような俳優が映画中毒にスクリーンのなかからとどめをさしてくれたし、『やさしく愛して』とか『さまよう青春』のロックンロールを見つけてもいた。

高校を出たころには、もう映画を観なくなっていた。実際の自分および自分をとりまく現実の世界のほうが面白くなってきていたのだ。いかにもすっきりとスマートに映画を遠のけたように思えるが、現実はそうではないだろう。あるときは幻想をスクリーンのなかからたぐりよせて現実の白日に背をむけ、あるときは幻想を押しのけ現実と肌を合わせつつ、試行錯誤や暗中模索をやっていたにちがいないのに、いまはもうあっけらかんとしてその痕跡すらない。

しかし、アメリカ映画体験を、どこかでふっつりと断ち、以後いっさい関係ありません、と言うことはできないだろう。言うには言えても、現実にそんなこと可能ではない。

アメリカ映画体験の個人史をふまえ、その体験のなかから得たもの、つまり、開かれた肉体のようなものを土台に、批判の目を自分の内部にむける、といったことがあるなら、それは具体的にどういうかたちをとるだろうか。

アメリカの活劇映画に目をうばわれていたときにうすうす感じていたこと、すなわち、ストーリーの枠組みが持つ退屈さ、登場人物たちの頭のなかの限界、などのマイナス要素が、ひとつの手がかりになってくれそうだという予感がある。

開かれた肉体の六感がこの場所でいつのまにかたくわえこんだ動かしがたい感覚――誰にもゆずりわたすことのできない確たるアイデンティティのような、東洋なるもの、日本なるもの、あるいは、個人的にぼくなるもの――そういったものを自分のなかからたぐり出し、退屈で有害な枠組みや区分けをやさしく越えて汎地球的に有効な自己表現をすること――抽象語で手みじかに言うならこのようなことが、これからなににもまして最重要となる。アメリカ映画に侵蝕されっぱなしのいまここ日本、というのでは困る。

だから、たとえばアメリカン・ディザスタ・シネマなどとは比較にならないほどにいま大切なのは、これまでにつくられてきた膨大な数の日本映画であり、これからつくられるすぐれた日本映画でなければならない。

そして、すぐれた日本映画ができるかできないかは、日本映画という限定を強制されたひとつの世界内にとどまる問題ではなく、いまここにいるひとりひとりのありかたとじかにつながっている。

西部劇のヒーローたち

1　自己の論理の具現としてのターザン

西部劇とマンガ映画、そしてその他いろんな活劇映画ばかり観ていた時期がぼくにはある。小学校に入ったころから、高校の二年生くらいまでのおよそ十年間にあたる。この十年間に公開された西部劇のほとんどを、ぼくは観ている。

やはりなんといっても、アメリカ製の活劇映画が、少年にとってはいちばん魅力的だった。活劇のなかでくりひろげられる主人公たちの単純明快なアクションに、少年は自らの肉体を同化させることができたからだ。活劇を観ることは、肉体の快感だ。

なかでもターザンが好きだった。ジョニー・ワイズミュラーのターザンにかぎっての話だが、髪のながさや面がまえ、肉体の持つ雰囲気などいっさいが、「ターザン、悪い白人やっつける」という彼の論理のインカーネーション（権化）だったからだ。論理と行動とのあいだに落差がまったくなく、官能の密林におけるターザンのアクションのすべてが、彼の論理であり、存在ぜんたいでもあった。これは、少年が思い描く「自由」というものの、ほぼ理想に近い具現だ。

そして、西部劇。主人公には大別してふたとおりあり、ひとつは正義のヒーロー、もうひとつは、アウトローだった。正義のヒーローは、二枚目の美男俳優によって演じられることが圧倒的に多く、彼らはいま思い出してみると、鈍重でかなわない。しかし、西部劇の主人公としてのほんのちょっとした身のこなしやアクションなどに、論理と行動の完璧な一致、つまり自由を、少年は見ていた。

アウトローの主人公は、美男が演じる正義のヒーローよりも、ずっと軽快なものとして記憶にのこっている。大勢ないしは本流から遠くはずれたところでひとり体を張って生きているアウトローは、ただそれだけで、自由の象徴のように目に映った。代表格は、ビリー・ザ・キッドだろう。

しかし、ぼくが西部劇ばかり観ていた時期に公開された西部劇のなかには、一編の主人公としてのアウトローをうまく描いたものは、ごくすくなかったように思う。アウトローが主人公になると、たいていは、たとえば『死の谷』のように、悲劇として終わるのだ。

六連発を構えて荒野なり酒場のなかなりに突っ立った場合、正義のヒーローよりもアウトローのほうが、はるかに実存上のすごみがあった。正義のヒーローが一定の役割を演じているのにすぎないと感じられるのにくらべて、アウトローは、俺はアウトローだぞという論理がそのまま、黒ずくめの衣装に銀メッキの拳銃という生身の存在になっているように感じられた。イタリア製の西部劇が魅力を持ったのは、アウトローのこうした基本的な美点をことさらに強調したからではなかっただろうか。アメリカの西部劇が、一時期ひどく急に色あせたのは、魅力のあるアウトローをつくりだせなかったからだと、ぼくは思う。魅力のあるアウトローとは、大勢や本流から遠くへだたったところで生きてみせるドロップアウトのことだ。

白黒スタンダードの画面のなかで、正義のヒーローの銃弾に倒れた無数の三下奴としてのアウトローが、アウトローのいく道には行きどまりしかないのだと、得々として描写した定石的な悲劇などが、アメリカ製西部劇の記憶を妙に鈍いものにしている。『真昼の決闘』で保安官が仕とめる悪党は、三人連れだ。三人、おなじような姿かたちで、昼さがりの町をすごみをきかせて歩いてくる。なぜ西部劇のアウトローはいつも三人連れなのか。アウトローを定石からついに独立させえなかったことの証拠のように、ぼくには思える。

2 正義のガンマンが退屈になり、新たな夜が明ける

一九五〇年代や六〇年代のアメリカの西部劇がテレビでよく放映されている。昼さがりの白っぽいスクリーンに、あるいは夜の、そこだけが奇妙に色づいていたり、いかにも機械じかけ電気じかけの

白と黒と灰色の世界だったりするスクリーンに、正義のガンマンが、ちらちらと動いている。正義のガンマン。正義のスジをとおし、悪を倒すべく、真昼の町なかで射ちかわす必殺の銃弾。なんという退屈な光景だろう。

かつては胸をときめかせて見たはずの、正義のガンマンの活躍が、退屈で正視にたえないものになってしまったのは、いつからだろう。自分が生きているこのいまの時代のなかから、正義のガンマンの映った無数の西部劇が、すっぽりと抜け落ちていってしまった。フィルムのなかに封じこめられた世界や物語は、質を自ら変えることができない。だが、時代のほうは、どんどん変わっていってしまうと言われている。いまこの時代としての質感を失った西部劇ヒーローは、退屈にならざるをえない。

正義のガンマンに退屈をおぼえるとは、なんというすさまじいことがおこってしまったのだろう。ほんとうは、しかし、退屈していない。ふと目をむけたテレビの画面で、正義の男の活躍がいまはじまろうとしていると、やはり画面を見てしまう。そして、彼の身のこなしや考え方に、ある種の共感をおぼえている。

六連発の弾倉にこめてある弾丸は、フロンティア・タウンの悪を倒しえたかもしれない。だが、現実のアメリカでのフロンティアを広げる行為は、その行為じたいが政府や財閥による途方もないアウトロー行為だったから、映画でいくら正義のガンマンが成立しても救われないのは農民のような大衆でありつづけた事実は明白すぎるほどに明白だ。

銃弾はむしろ悪のほうから大衆にむけて降り注いだ。そのことが、現代では、銃弾こそ降らないにしても、支配の機構の圧倒的な大きさとカラクリによって、誰の肌身にでも感じられている。だから、ヒーローとしての正義のガンマンへの共感は、それをながめる人がとてもとても素朴な心の状態にふとたちかえった、ごくみじかい瞬間だけに限られることになってしまった。

正義のガンマンがヒーローとして成立したことじたい、考えてみればすこしおかしい。現実に常に正義のスジがとおっているとき、正義のガンマンが大衆のカタルシスや逃避あるいは勇気づけに、なりうるだろうか。

西部劇にヒーローがありうるとするなら、新天地の自然を相手に生活を勝ちとるために粉骨砕身したあげくの、陽焼けしたしわくちゃの老人だろう。

だが、まともに粉骨砕身する人は、そのまともなぶんだけ無防備になってしまうという現代では、カタルシス・ヒーローも粉骨砕身者も、ヒーローにはなれない。

ヒーローの出現が、日いちにと困難ななかで、突破口はもうまったくないのかというと、そんなことはない。

見わたせば政治と経済の人災によってあらゆるものが悪になっている。すごいことになってしまった、これはいったいこのさきどうなるのだろうと、誰もが感じている。

どうにかするためには、現在のいっさいをそれと交換しうるような、未曾有のことを考え、それを自ら具体化していく人たちが登場してこなければならず、それは誰かというと、特定の限定されたひとりやふたりではなく、全員みんなでなければならない。

未曾有の良きことにむかいうる全員が、これからのヒーローなのだ。このヒーローが古くなったから、こんどはこんなのを代役に立ててみるというようなことではなく、なにからなにまでそっくりとりかえ、そのあとに、これまで一度もなかったような良いものをつくるのだ。

バッファロー・ビルとワイルド・ウエスト・ショー

アメリカのサーカスやカーニヴァルに、ぼくは昔から興味を持っている。ワイルド・ウエスト・ショーやロディオも、素晴らしく楽しい。小規模なカーニヴァルをひとつ、それにウエスタン・ショーをいくつか見たにしかすぎないのだが、サーカスやカーニヴァル、それにウエスタン・ショーやステート・フェアなどが持っている魅力は充分にぼくに伝わってきている。アメリカのことがらに関してずいぶんたくさんのことが日本で書かれているのに、サーカスやカーニヴァルについては、ほとんど書かれていないようだ。ぼくの目に触れた範囲内では、たしか火野葦平氏が、アメリカの紀行文のなかで、ロイ・ロジャーズのウエスタン・ショーの、この世のものとは思われない美しさと楽しさについて書いていた。それに、サーカスについては安岡章太郎氏の文章ないしは対談のようなもののなかで語られていた。アメリカでサーカスを見た安岡氏は、サーカス内部での生活の楽しさにひかれ、サーカスの一員になっていっしょに旅をかさねていきたい衝動にかられた、というようなことが語ってあったと思う。

サーカスやカーニヴァル、ウエスタン・ショーに関する資料をすこしずつ集め、ひまなときにちょっと読んだりしているだけでも、楽しさはつきない。

バッファロー・ビルについて、資料から知ったことをすこし書いてみようか。アメリカ史の年表によると、バッファロー・ビルのワイルド・ウエスト・ショーがはじまったのは一八八三年のことになっている。「フロンティアは事実上消滅した」と、アメリカの国勢局が発表したのが、一八九〇年だった。ワイルド・ウエストがなくなりはじめると同時に東部の都会の人たちのために、ワイルド・ウエスト・ショーができていったような印象をうける。

バッファロー・ビルがワイルド・ウエストのショーをはじめるにいたったそもそものきっかけが、荒唐無稽な小説のように面白い。バッファロー・ビルを「発見」したのは、ネッド・バントラインという男だった。

バントラインは、銃身の極端に長いピストルの考案者として知られているが、それ以上に有名なのは、三文小説の書き手としてだった。「キング・オブ・ダイム・ノヴェル」とさえ言われている。ダイムとは、一〇セント。一冊が一〇セントそこらで買える三文小説の王様、という意味だ。

ネッド・バントラインは、十四歳のときに家出し、三十歳になるまで、海や船に直接につながった仕事をしていた。たいへんに自由奔放な男だったらしい。喧嘩と酒と女がなければ夜も明けないという日々がつづくなかで、非常に勇気のある一人前の海の男に彼は育っていった。

三十歳のとき、バントラインは小説を書きはじめた。自分がよく知っている海と船を素材に、少年むけの冒険読物をつくりはじめたのだ。『ニッカボッカ・マガジン』に発表されていった。

自分の体験を土台に、イマジネーションを駆使して可能なかぎりつくりあげた夢のような冒険物語だったから、たちまち少年たちの人気のまとになった。

すさまじい勢いで量産した小説は、次々に刊行されていった。たいへんな名士になったバントラインは、年収二万ドルの身になって海をはなれ、旅行家、講演家として日をすごしながら小説を書いていくようになった。これが、一八四〇年前後のことだ。ネッド・バントラインという名はペンネームで、この名をつかいはじめたのは、ちょうどこのころだ。本名はエドワード・ゼーン・キャロル・ジャドスンという。

講演では非常にもったいぶった尊大な態度で禁酒を説いたかと思うと次の町では居酒屋で泥酔するというような生活の連続だった。そういう生活のなかで、小説を書きつづけた。六十二時間ぶっつづけに書き、ライティング・ペーパーで六一〇ページの作品を書きあげたこともあるという。食べるものも飲むものもいっさいとらずに、いっきかせいに書きあげたのだ。

あるインタヴューで、自分の創作方法についてバントラインは、次のように語っている。

「まえもってプロットをつくっておくなんてことは、ぜったいにないね。だって、登場人物たちがどこでどんなことを思ったり考えたりするか、まったく見当がつかないじゃないか。まず最初にタイトルを考えるのさ。いいタイトルを考えつきさえすれば、その作品はもう半分は仕上ったもおなじだと、オレは思ってるよ。いいタイトルを考えつくことが、まずもっていちばん大事なことなのさ。そして、いったん書きはじめたら、手で字を書いていくという作業が許すかぎりのスピードで、ぐんぐん書き進めていく。いったん書いたものを消してなおしたり、加えたりするなんてことは、一度もないんだ」

書きあげた作品が気に入らなかったら、それをそっくりすててしまい、まったくあらたに、書きなおしてしまう。気に入らない原稿にあちこちと手を入れてなおしていくのではなく、みんなすててしまい、なにを書いたかも忘れたうえで、書きなおしていくのだ。まさに「三文小説の王様」だ。ダイム・ノヴェルはたしかに三文小説ではあるけれど、どこかにかならず、読者の心をつかまえるものを持っているはずだ。ネッド・バントラインの場合は、こんな気構えないしは生き方が、作品そのもの、あるいは作中人物たちに、躍動感をあたえていたのではないだろうか。

小説を書くうえでのイマジネーションがワイルドであったばかりではなく、自分自身についても、自慢のタネになりそうなことだったらまったく平気でいろんな嘘をならべたてた。悪党の陰にこもった嘘ではなく、ようするショーマンないしはパブリシティ・マンとしての才能を多分に持っていた、ということなのだろう。

小説を量産するかたわら、バントラインはニューヨークで新聞を発刊した。『ネッド・バントライン自身のもの』というタイトルの新聞だった。政治家をめちゃくちゃにやっつけた記事や禁酒を説く記事がのっているかと思うと、入りびたりになって悔いのない上等な酒場のリストなどがのっていたりした。

ワイルドだったのは、このようなイマジネーションの世界においてだけではなく、現実のなかの行動でも、たいへんなものだった。暴動やストライキには進んで参加し、中心的なアジテーターになったりもした。そのために投獄されたこともある。

書きとばす小説は、海や船をテーマにしたものだった。だが、さすがのバントラインも、海の物語に飽きてきた。小説にとりあげることのできるなにかちがった分野はないものかと物色したバントラインは、インディアンたちを相手にたたかう西部の男や、バッファロー・ハンターたちに目をつけた。ワイルド・ウエストこそ自分が次にとりあげる分野だ、とバントラインは確信した。

実在の勇敢で男前の人物をひとり見つけ、その人物を中心にして、ほんとの話、うその話をつくりあげていくのが、創作のうえではいちばん楽だ。

ポウニー・インディアンのフランク・ノースという白人酋長に、バントラインは目をつけた。当時、このフランク・ノースは、西部でもっとも勇敢な戦士、として知られていた。

フランク・ノースに会いにいったバントラインは、自分がシリーズのようにして書く三文小説の主人公になってもらえないだろうかとノースにたのんだ。

ノースは、その申し出に対して、非常に怒った。三文小説のインチキな主人公になるなんて、とんでもない、というのだ。だが、せっかくやってきたバントラインをあっさり追いかえすのも大人げないと思ったフランク・ノースは、馬車の下で昼寝をしていたひとりの白人青年をバントラインに紹介した。

「小説の主人公にするのだったら、ぜったいにこの男だよ」

と、フランク・ノースは言うのだ。

昼寝から起こされ、馬車の下から出てきてアクビをした男は、ウィリアム・コーディといい、二十三歳の白人青年だった。たくましい体をしていて顔つきもよく、バントラインはひと目で気に入ってしまった。

ダイム・ノヴェルのシリーズ作品の主人公に名前をつかうという契約をとりかわし、酒場などで夜ごと男たちが語りあっている冒険ほら話を取材し、バントラインは、ひきあげていった。

やがて、ウィリアム（ビル）・コーディを主人公にしたシリーズ第一作が世に出た。奇想天外、まったくのでたらめの連続であるとんでもない小説にできあがっているのを知って、ビル・コーディは、すくなからずおどろいた。

子供むけの人名事典によると、ビル・コーディはアイオワ州スコット郡の農場に一八四六年に生まれている。早いうちにその農場をはなれ、いろんなところでいろんなことをやっては生計を立て、ひとりで生きていたらしい。

労働者、大工、皮はぎ人、ポニー・エクスプレスのライダー、宿屋の主人、などをやり、南北戦争にもほんのわずかだったらしいが従軍している。

どの職業でも、これといってたいした成功はおさめていなかった。いちばん成功したのは、カンザス・パシフィック鉄道会社の線路工夫たちのために、バッファローを狩ってきてはその肉を提供する仕事だった。

その仕事は非常にうまくいったことがあり、あるときなどは、十七ヵ月のあいだに四二八〇頭のバッファローを狩ったという。バッファロー・ビルというとおり名はこのときに生まれ、おなじような職業の男たちのあいだでは、彼の名前が地口のように読みこまれて歌にもなった。すぐれたバッファロー・ハンターであったことは、たしかなようだ。

この男が、ネッド・バントラインのウエスタン小説の主人公として世に出るや、たちまちスーパー・ヒーローになってしまった。バントラインのウエスタン小説はセンセーショナルな話題となり、少年たちだけではなく、社会のあらゆる階層の人たちが、バッファロー・ビルを実在のスーパー・ヒーローとしてうけとめ、熱狂した。なぜこんなに簡単に、スーパー・ヒーローになれていったのか、とても不思議だし、興味のつきないところだ。

やがて、バントラインは、バッファロー・ビルやテキサス・ジャックなどという男たちを中心に、芝居を組んだ。インディアンをあつめ、自らも出演し、東部の劇場をまわりはじめたのだ。インディアンとのたたかいが中心的なテーマになっていて、その活気あるアクションたっぷりの舞台は、どこへいっても観客たちを大いにわかせた。

この芝居の舞台を、もっとスケールを大きくして野外に移したのが、バッファロー・ビルのワイルド・ウエスト・ショーだった。アメリカだけではなく、ヨーロッパへいってもたいへんな熱狂をまきおこし、次の時代の西部劇映画への橋わたしとなっていく。ワイルド・ウエスト・ショーの日々は、いまとなっては資料で読むしかないのだが、それはそれは面白いものだ。

密造酒に月の明かりが照り映えて

年代もののブルースやジャズのレコードのなかから、ぼくはさがしてきた。ジャケットのおもてに、録音年代が一九三〇年代とか四〇年代はじめとか表示されている数多くのLPのなかから、一九二〇年代のものをさがしてきたのだ。

ほかにもたくさんあるのだけれども、一枚だけさがし出してきた。『オールド・マウンテン・ギター』というタイトルのLPだ。〈フィンガー・スタイル・ギター一九二六—一九三〇〉と、副題がついている。

数あるLPのなかから、こういうのがみつかったのは幸運だった。なぜなら、一丁のギターがどんなふうに生活のなかの音楽で使われてきたかをたどることによって、アメリカの近代史、現代史を書きうるのではないのかと、かねてよりぼくは考えているからだ。

A面のいちばんはじめの曲、『うんざりとくたぶれちまってさびしい感じがしてるときのブルース』

を、ぼくはいま三度つづけて聞いたところだ。

「あたしゃあ、ほんとうに気分がダウンしてくるってえと、手をのばしてギッターをつかみ、うんざりとくたぶれちまってさびしい感じがしてるときのブルースを弾くんだよ」

と、男の声でモノローグが聞こえ、ギターのデュエットがはじまっていく。

こういうギター音楽が、ぼくは好きだなあ。オープンDのチューニングで、緊密にからみあったラグタイム・ギターのデュエットだ。ロイ・ハーヴェイとレナード・コープランドというふたりの男が演奏している。リードとサポートを区別して聞き分けることなんかできはしない。おなじメロディ・レンジのなかで、ふたりのギター音は、きっちりと嚙み合って、かたときもはなれない。表現力の豊かな、たいへんに結構な民族的ヘリテージだ。一九二九年ないしは三〇年の録音だということなのだが、遠い時間のへだたりをとびこえて、聞く者の心を素手でつかんでくる。ぼくの心は、その素手によって、つかまれてしまった。レコードというタイム・マシンで、ぼくは、一九二〇年代末のアメリカにひきもどされていくのだろうか。いや、そんなことはない。

このLP『オールド・タイム・マウンテン・ギター』のライナー・ノートを、ロバート・フリーダーという人が書いている。その冒頭で、アメリカにおけるギターの歴史について、簡素な文章をつらねている。すこし紹介してみよう。

アメリカ新大陸におけるアングロ＝アメリカンの民族的音楽伝統のなかで、ギターは、バンジョーと共に、比較的に新参者であるという。

バンジョーは南部のプランテーションの奴隷社会のなかで生まれてきたものなのだが、ギターが白人ヒルビリーの音楽のなかに入りこんでくるにいたるきっかけには、おそらく三種類あったはずだという。アメリカ南西部におけるスペイン人たちからの影響。黒人たちからの影響。そして、ミドル・クラスの家庭内での市民的素養としてのギター音楽。この三種類だ。

アパラチアン地方のマウンテン・スタイルのギター・ワークには、スペイン系と思われる影響は、ほとんど見られない。とすると、黒人も白人のヒルビリーたちも、ヨーロッパからひきずってきた、家庭内でギターをつまびくという市民的伝統から、自らのギター音楽をつくりだしていくことになったのにちがいない。

ミドル・クラスのうえのほうに属する家庭の婦女子が、自宅の客間でギター音楽に興じるという伝統は、十九世紀のごく初頭に、ヨーロッパではじまったという。若い娘さんたちが、軽いクラシカル音楽やセミ・クラシカルな曲を弾いては、自分の持つ魅力の一部分としていた。

新大陸アメリカに、ギターは、かなり早い時期から入りこんでいたはずだ。独立革命前に、すでにギターは、珍しい楽器ではなくなっていた。ベンジャミン・フランクリンはギターを弾いたし、トマス・ジェファスンは、自分のプランテーションで黒人奴隷たちがギターを弾いていたことを書きとめている。

ミドル・クラスの婦女子が自宅の客間でギターをつまびく風習は、そっくりそのまま新大陸にも入ってきて、十九世紀のあいだずっと、そのようなかたちでさかえた。ミドル・クラスの客間から、より低いクラスへと、次第にギターは、広がっていった。

十九世紀の終りごろには、いわゆる巨匠たちの手になるクラシカルなギター・ピースではない、もっと気楽なギター・ピースがたくさん発行された。ギターがミドル・クラスに広がっていたという事実の証拠だろう。

こうしたギター曲のほうは、時がたつと共に急速に忘れられていったのだが、ギターの弾き方、つまりチューニングとフィンガー・ピッキングの弾き方だけは、残っていった。ラグタイム・ギターのベース・ラインは親指でいれるのだが、親指をベースのために使用するというテクニックも、客間で中産階級の女性が弾いたギターからひきついだものなのだ、とロバート・フリーダーは書いている。ひとりでベースラインとメロディの両方をやっていけるから、ギターは黒人ブルースと白人ヒルビリーの両方で、重要な楽器となっていったのだろう。

『うんざりとくたぶれちまってさびしい感じがしてるときのブルース』の残響を体のなかで楽しみながら、ざっと以上のような雑感みたいなことを書きつけておきたいという気になった。

黒人のブルースが、それをうたい演奏する個人をとりかこむ比較的せまくて限定された世界を脱し、都会の音楽としてもうすこし広がりのある普遍性のようなものを持ちはじめたのが、ニューオルリンズでの、初期の黒人ジャズだ。プランテーションのなかの個人的な音楽が、ニューオルリンズというひとつの町ぜんたいの広がりを持つようになっていった。プランテーションをはなれて流動的な労働力となった多くの黒人たちが最初に見つけた町が、ニューオルリンズだったのだろう。

ニューオルリンズでジャズはさかえた。つまり、ストーリイヴィルという、黒人歓楽地区のなかで、さまざまな歓楽のための欠くべからざるバックグラウンドとして、あるいは、歓楽そのものとして、さかえた。ストーリイヴィルという地区ができたのは、一八九七年のことだった。

初期のジャズの温床であったニューオルリンズのストーリイヴィルは、一九一七年に閉鎖されてしまった。ニューオルリンズで育ったジャズマンとして、もっともすぐれた人たちのうちのひとりであるズティ・シングルトンの回想によると、ストーリイヴィルのすぐちかくにアメリカ海車が基地を新設したために、ストーリイヴィルは閉鎖されることになったのだという。一九一七年といえば、アメリカはドイツを相手に戦争をしていた。

基地のすぐちかくにストーリイヴィルのような地区があってはよろしくない、という政府上層部の意志決定により、ストーリイヴィルの閉鎖がもたらされた。閉鎖に反対する動きもあったのだが、十一月十二日に、ストーリイヴィルに住んでいた人たち全員が、そこを去った。この日の様子を、ズティ・シングルトンは、次のように回想して語っている。「誰にとってもぜったいに忘れられない光景だったね。最後の夜には、町じゅうのありとあらゆるバンドがいっせいに演奏していたよ。ラグタイムのピアニストたちが、何時間もたてつづけにピアノを弾きまくっていた。休むときといえば、酒を体に入れなおすときだけだった。大きくて豪華なつくりの売春宿の女将たちは、馬車に乗ってストーリイヴィルから出てきて、ニューオルリンズのほかの地区や、ぜんぜんほかの町、あるいはメキシコ湾ぞいのあちこちの町へ移っていったんだよ。パレードがいくつもあり、花火がぽんぽんあがり、みんなが、さようなら、さようなら、と言いあってたよ。まるでドイツ軍がせめこんできたような大さわぎさ。椅子だの服だの、ベッドだのマットレスだの、自分の持ちものをみんな持った人たちが子供たちの手をひいて、ぞろぞろと、ひと晩じゅう、ストーリイヴィルから外へ出てきてたっけ。この日以来、ニューオルリンズは、変わっちまったね。すくなくとも私にとっては、すっかり変わっちまった」

ようするに、ひとつの町がほろび、より強靱な都市エネルギーを持った町へとジャズは偶然にも移されたのだ。

ストーリイヴィルの閉鎖という偶然がなくても、ジャズは、さらに大きな町へむかったはずだ。なぜなら、黒人のブルースには、明らかに都市のエネルギーが乗り移ってしまっていたのだから。

「ニューオルリンズに次いでジャズおよびジャズマンにふさわしい地として、北のほうにシカゴが大きくそびえていた」

とデイヴ・デクスター・ジュニアは、『ザ・ジャズ・ストーリー』のなかで書いている。

ジャズおよびジャズマンが、なぜシカゴにむかったのか。ニューオルリンズからいちばんちかくてしかもニューオルリンズよりも大きな、都会としてのさまざまな条件をそなえた都会は、やはりシカゴだった。

ニューオルリンズから、まっすぐ北へむかえばいい。「北へ」「シカゴへ」ではなく、北が、シカゴが、その都会としてのパワフルな力ゆえに、ジャズを呼んでいたのだ。それに、戦時下では鉄道で旅するにしてもおいそれとはいかず、シカゴへいくのが精いっぱいだったし、シカゴでいいよ、シカゴでやろうよ、動きまわるのはもういやだよ、という気持も強かったのではなかったのだろうか。

ストーリイヴィルの閉鎖によってジャズマンが到来しはじめてようやくシカゴがジャズの舞台になっていったのではなく、一九一〇年代のなかばにはすでに、シカゴは、ジャズのある町だった。白人のジャズも、プロフェッショナルなものとしてとっくに生まれていた。

ニューオルリンズからジャズが流出しはじめて二年後、一九一九年に、アメリカ憲法修正第十八条が発効した。いわゆる、禁酒法だ。歓楽地区が閉鎖され、おまけに禁酒法が発効すれば、もう勝ち目はない。

禁酒法なんか屁のカッパ、という態度と、その態度を具体的に押しとおせるだけのエネルギーを持った都市へ移る以外に手はない。ニューオルリンズのキャバレーやダンスホール、酒場などは、禁酒法のおかげで、一夜にしてつぶれてしまったという。

なぜシカゴがニューオルリンズにかわってジャズのためのあらたなる舞台になることができたのだろうか。『ザ・ジャズ・ストーリー』のなかで、デイヴ・デクスター・ジュニアは、大意、次のように書いている。

「シカゴの夜の歓楽街は、ラジオやトーキーのような新しいエンタテインメントに負けることのない魅力を持っていた。キャバレーでは非常に豪華なステージ・ショーがおこなわれていて、ジャズのビッグバンドが共演しているものもあった。娯楽を求めるシカゴの人たちは、こういったキャバレーに、ひんぱんに足をはこんだ。たいていのキャバレーは、ギャングのシンジケートによって経営されていた。そして、ギャングたちは、禁酒法によって大いにもうけていた。ジャズ音楽は、ギャングに好かれただけではなく、禁酒法時代のシカゴの人たちにも好かれていた。禁酒法という、いけすかない法律にたてつき反抗し、それを破っていきたいと願っているシカゴの人たちにとって、ジャズは、禁酒法に対する反抗の気持を具体的に表現してくれる音楽だった」

シカゴの住民たち全員が、ジャズを愛し、禁酒法に対して反抗的な気持でいたのではない。下品で野卑な生活にまといつくいやな音楽である、とさげすむ勢力も、一方には確実にあった。

キャバレーや酒場で演奏されるだけではなく、ジャズはレコードとして商品になっていく道をも歩みはじめた。

一九二六年にワーナー・ブラザーズの「ヴァイタフォーン」方式というトーキー映画が公開され、二七年には、シカゴのサウスサイドのレストランに、「アンプリヴォックス」という、ジュークボックスの元祖が置かれていた。ルイ・アームストロングの『ヒービー・ジービーズ』のレコードを、このジュークボックスは再生して聞かせるのだった。

自分たちのジャズがレコードとなって商品化され、大量に売れていくことなど、ジャズ・ミュージシャンたちは思ってもみなかったのだが、一九二七年十二月、白人のシカゴ・ジャズが、「オケー」というレーベルのレコードに録音された。

フランク・テシュマハ、ジミー・マクパートランド、バッド・フリーマン、ジョー・サリヴァン、ジーン・クルーパ、レッド・マッケンジー、エディ・コンドン、ジム・ラニガンたちが『シュガー』と『チャイナ・ボーイ』をレコードにおさめ、一週間後にはさらに『ノーバディズ・スィートハート』と『ライザ』を録音している。そしてこのレコードは、非常によく売れたという。

この時代にジャズを愛して支えた人たちは、一九二〇年代という時代そのものを愛していたのだ。『アメリカにおけるポピュラー音楽の歴史』のなかに、ジグマンド・スペースが、次のようなことを書いている。

「第一次大戦によって、それまでの人々の生活にしみこんでいた伝統とか風習、定石的な態度やものの考え方などが、あらかた吹きとんでしまった。それと同時に、それまでの時代に生きていた、単純さとか実直さのようなものも、大きく変質していった。

自分の好きなことを、自分の思いどおりにおこなってもいっこうにかまわないんだ、ということを人々は自分たちの時代の基本精神として、学習ずみだった。

アメリカにおける生活のなかで前の時代からひきつがれてきていたおよそありとあらゆる慣習が、さまざまな局面で、ためされていった。古い慣習や昔の伝統を無視したりこわしたりするとどうなるだろうかと考え、その考えを実行にうつしていったのが、一九二〇年代のもっとも生き生きとした人たちだった。誰もが、古い時代のものをこわし、つくりなおしていった。なにをやってもいいんだというその可能性は、無限大だった」

こういった時代の雰囲気に、ジャズはぴったりとかさなったという。かさなるだけではなく、時代をリードする役も充分に果たしたのだろう。

西部開拓時代がひとまず落着いて、時代や文化がひとつさきへ進み、さらに、第一次大戦と第二次大戦とでさまざまに大きくゆさぶられながら、資本主義経済をつくりあげ、都市の論理を具体的にたいへんなパワーで拡大していったのが、二〇世紀前半のアメリカだ。ブルースやヒルビリー、そしてジャズも、この都市化の論理と、緊密にからみあっている。

一丁のギターを自分の視点にして、アメリカという大都市の現代史を生々しくうかびあがらせていく作業を、とにかくやってみたいという衝動に、ぼくはかりたてられはじめている。

ブギはトータルなのだ

一九五六年、エルヴィス・プレスリーのロックンロールがやはり決定的だった。ブギとかブルースとかにぼくが完全につかまえられてしまうための、決定的なきっかけだった。

子供のころから、いろんな音楽を浴びていた。ハワイアン、カントリー・アンド・ウエスタン、白人スイング・バンドのジャズ、デキシーランド・ジャズ、戦前から戦後にかけてのポピュラー・ソング。ハワイアンやポリネシアン・ミュージックはべつにしておくと、ブギの影響が濃いものに対して、その濃さに応じて全身がときめいていた。なぜだかは、わからない。ブギ・ビートが体ぜんたいで好きだからにちがいない。

一九五〇年代前半のロックンロールによってブギにぐんと近づき、戦争をはさんだ期間のリズム・アンド・ブルースを知り、結局、ブルースそのものと言えるブギにいきあたったのだ。十数年も前のことだ。以来、ブギに対するトータルな熱意が、ずっとつづいている。

ブギは、それを聞くと踊らずにはいられないという体の状態がおこってくる。なぜだろう。おなじブギを聞いても、たいした反応をおこさない人だって意外に多い。なぜだろう。

なんといったってブギはアメリカ黒人のものだし、こういった音楽ができてきた背景や広がり方をほんのすこし勉強しただけでも、ブギは週末のジューク・ジョイントを自分にとっての唯一の解放の場にしていた「最下層労働者階級」の黒人たちのものだったという事実が、すぐにわかる。

ぼくは、黒人ではないにしても、「最下層労働者階級」のヒトなのだ。だから、ブギが全身で好きなのだということを、冗談ではなく、単純素朴な本気として考えている。「最下層」はなぜ最下層かというと、自分たちのうえに、最下層ではないさまざまな層が、のしかかっているからにほかならない。ブギが生まれ、広がっていった当時の黒人たちにとって、自分たちのうえにおおいかぶさっていたのは、すべて白人だった。週末のジューク・ジョイントでのブギ・ピアノが、唯一の解放にならざるをえなかったのだ。

こういった構図を、いまの自分の身のうえになぞらえてもどうにもならない。しかし、いまのあいはこれからの自分にとってのもっとも有効な「最下層労働者」としての認識は一介の町人としての認識だから、ブギ・ビートはやはり自分の体からはなれていくことはない。

なにをわけのわからないことを言っているのだ、と叱られそうだ。ブギ・ビートを見つけたのは、とてもいいことだ。ブギに熱中し、いつも聞いて、よろこんだり賛成したり、ああ、そのとおりそのとおり、と手を叩いているだけでは、しかし、なんとなく片手落ちのような気がする。

ブギ・ビートは、はじめからぼくの内部にあったのだ、と断定的に信じたい。もしぼくが、ブギ創成期のルイジアナだのアラバマだので最下層労働をしていたニグロだったら、ブギを週末にはピアノでやっただろうし、広めていく役をなんらかのかたちで果したにちがいない。そして、そのときのぼくには、ブギ・ビートがいったい自分たちにとってなになのか、よく肉体でわかっているはずだ。

当時の黒人たちにとって、ブギとはなにだったのだろう。「ブギ」という言葉についてすこし勉強すると、この言葉には、当時の彼らの生活の、単純に言って「明暗両面」の意味あいがこめられていたということがわかる。「明暗両面」とは、こちらもあればこっちもありますとか、どっちもどっちというようなことではなく、トータルな混沌としたぜんたいのことにちがいない。ブギとかブルースとかは、その言葉あるいはその言葉のさし示すぜんたいが、人の存在の総体を意味していたはずだ。

ブギ・ビートにすべてを代表させえたような生き方とは、いったいどのような生き方だったのだろう。五日間、月曜から金曜までつらい生活があり、週末にはジューク・ジョイントでブギ・ビートにいっさいを解放させるという生活。思い描くことの比較的たやすい生活だが、ではブギは、つかのまのカタルシス、一瞬の解放だったのだろうか。外側の大枠は不変のまま、その枠のなかの片隅で、ブギ・ビートは、ほかのさまざまなカタルシスとおなじように、ちょこまかとおのれの機能を発揮させていただけなのだろうか。

カタルシスであったことに、まちがいはないだろう。ジューク・ジョイントでブギの気分になりきっているニグロたちにもしその気分の本質はなになのかとたずねたら、さまざまにかえってくるであろう彼らのこたえから、FUN（楽しいこと）の一語を共通項としてひきだすことができるはずだ。

このFUNを、日本における「遊びをせんとて生まれける」などの実践的な考え方に結びつけると、ブギ・ビートは未来への展望を持ちはじめる。

カタルシスであるものがカタルシスとしての機能をおえると同時に、その外側で、いつに変わらぬ絶望的な政治や経済の状況が、さらに深く、いっそう静かに堆積していくのが常に見えてしまうということに、もう飽きてしまった。抽象的な言葉のならびだが、じつは誰もが心の隅で確実に感じていることであるだけに、ほんとうはとても具体的なことなのだ。

外側にがっちりとたがのようにはまっている大枠のさらに外へむかう志向が、ブギにはあるのではないのか。ブギを、アメリカン・ニグロの音楽上の遺産にとどめず、これからのものとしていくためのぼくにとっての足がかりとでも呼びうるものは、じつにここなのだ。

枠を突きぬけ、破り、どこともわからぬむこう側に飛びだし、ただ単に内側と外側とをいっしょにするとか、内と外とを入れかえるとかではなく、いまだかつてなかった世界をそこに具体的に現出させようという志向が、ブギ・ビートそのものなのではないのか。聞え伝わってくるブギ・ビートは肉体や存在そのものであり、ぼくのなかに入ってそれはぼくの肉体と化すから、ブギと共にアメリカン・ニグロからいまさらのように教えられたFUNのひと言を、「未曾有の世界を自分たちの手によってつくりだすこと」と、ぼくは解釈し、具体的に役立てようとしている。このようなことのなかでこそ、ブギは生きてジャンプする。

力強く粘りつつ、しなやかに跳躍し、はずみ、高く絶叫し低く泣き、体にしみこんで血になるようなあのブギは、やはりトータルなものだ。人にとってトータルなものは肉体であり、その肉体的な存在が、いま、ここで、なにか良いものをつくろうと考え行動するとき、いまだかつてなかった未曾有の良きものを現出させようと志向するのは、とても自然なことなのだ。

旅へ

南の島で

1　南の島でコジキになりたい

旅、とひとこと言われてすぐに思いうかべるのは「ディスカバー・ジャパン」ないしはそれに類似したいっさいのせわしないせっかちな旅行的行動だ。そういうものがぼくは大嫌いだから思いうかべるのであり、好きだからではない。そして、せわしないせっかちな行動というものは、ただ単にぼくというひとりの人間が嫌っているだけではなく、誰にとっても真に役立ったり有益であったりするようなことはまったくないにちがいない、とぼくは思っている。

もっとも有効な旅の方法は、旅にまつわるあらゆる行動的な力を、最小限にスケール・ダウンすることだ。

たとえば、三泊四日くらいで自動車や新幹線、ケーブルカー、高速ホーバークラフトなどをかたっぱしから利用してあっちやらこっちやらをうわーっと動いてまわる行為は、これは旅とは言わないほうが、すっきりしていてとてもいい。こういうのは、一種の買物なのだ。

こういった旅を、他人事としてながめていても、たちまちひとつやふたつの大きな問題に気づかざるをえない。三泊四日という、奇型的にみじかい期間のなかに、新幹線やホーバークラフトなど、早く動くことを専業にした機械類に身をまかせつつ、あちこち動きまわる行動をできるだけたくさん、ぎっちりつめこもうとしている。

三泊四日の旅でちょうどいいのは東京からならせいぜい三保の松原あたりだろうとぼくは思う。だが、すこし無理をすれば、地球の果てまでいって帰ってこれるようなプログラムがすでに売り出されている。三泊四日なんて、ひとつところにすわりこみ、どこかをぼんやりとながめてぼうっとしているだけでも、すぎてしまう。ほんとうは、これがいちばんいいと思う。だのに、プログラムとして売り出されている現実の三泊四日の旅のなかには、可能なかぎりの行動、すなわち、あわてふためきながら動きまわる行為が、ぎっちりとつめこまれている。

そのプログラムされた旅を買ったほうの人々は、プログラム内にあらかじめ想定されている以上に、自らすすんで、よりせわしなく、よりせっかちに、三泊四日の旅の行動を回転させようとはかる。

行動派ヤング、などという言葉があるけれど、この言葉など、ヤングにたくさん買い物をさせようとはかる側の好んでふりまわす、魔術的な魅力を持った言葉といえる。なぜ、ヤングは行動派なのか。

気ままにつかえるおカネをいちばんたくさん持っている人たちの最大の不特定集団が、ヤングだからだろう。このヤングたちのおカネをまきあげるには、行動派ヤングなどとおだてあげて、文字どおり行動を買わせるにかぎるのだ。

ヤングにかぎらず、行動というものには、はじめからなにか高い価値がつけられているようだ。行動的な人、といえばほめ言葉だし、行動力のある人物、行動をおこそう、行動のなかから解決の糸口をみつけだしていこう、などと言うと、ただそれだけで、すでにしてなにごとかが成しとげられたり達成されたりしていく感じを、ぼくはうけないけれど、多くの人たちは、うけるのではないのだろうか。

ようするに、いちばんいけないのは、なにごとかを達成しようとか成しとげよう、あるいは、つくりあげ、建造しようという実践的な観念なのだ。高度経済成長などは、この観念のごく典型的な具体化にしかすぎない。

人は人としてこの世に生まれたなら、なにか有益なことをおこない、なにごとかを打ちたててつくりあげ、生産していかなければならない、という強迫観念は、いつ、なぜ、生まれたのだろうか。

このような強迫観念は、心にとっても体にとっても、まことによくない。現実の自分よりも高いところに、もうひとりの自分を仮設し、その仮設された自分にむかって一直線にひかれた急な坂道をまっしぐらにかけのぼろうというのだから、個にとっても全体にとっても、各種の害があることは、いなめない。デカルト座標だろうがなんだろうが、一直線ののぼり坂など、やめにしたほうがいい。

この、達成の観念みたいなもののうえに、ぼくたちをとりまいている文明が乗っかっているわけだから、これをとっぱらっていっさいなしにしようという計画は、なかなか実現されないだろう。過去から現在をへて将来へとさながら一本の線のようにながれているのだと理解されている時間というもののとらえかたから根本的にかえていかなければならないような難事業だ。一時から十二時までのくりかえしではなく、漠とした無限の枠を時間と考えればいいのだが、このような漠としたものいっさいは、世の中にとって役に立たないと考えられているから、話はとてもすすめにくい。行動とは、達成の観念にとっての、足まわりなのだ。

ぼく自身はどのような旅がいちばんいいかというと、完全に南洋の小さな島々でコジキをやるのがいちばんいい。ヒッピーというと聞えがよくなるから、コジキというのだが、お金持ちの観光客と対比すると、文字どおりコジキなのだ。

お金持ちは、おカネの力でさかんにあちこち動きまわる。その対極に位置するコジキのぼくは、あちこち動かない。とぼとぼとしつこく歩いたり、じっとひとつところにすわりこんで、ぼうっとしている。歩くのもわるくないが、すわっているのもなかなかいい。

朝の早い時間に、外的にも内的にもとてもいい気分で、ゴムぞうりをぱたぱたさせて、海岸へ出ていく。南洋の小さな島には、一日じゅう人がひとりもこない美しい海岸が、いくらでもある。

海岸の椰子の樹に背をもたせかけ、すわりこみ、じっと動かない。陽をうけて輝いている海のうねりが、視界いっぱいにひろがっている。はじめのうちは、目の前の光景を具体的に見ているわけだが、やがて、そういった具体的な見方や考え方は、うすらいでいく。

かわって登場してぼくの頭のなかを埋めつくすのは、いっさいの具体的な現実性を欠いた、それでいて鮮烈な存在感のある幻の大群だ。何万海里の海原をぼくは椰子の樹の根もとにすわりこんで旅をする。えもいわれぬいい気分とは、このことにちがいない。

ぼくの友人にたいへんな酒飲みがいる。この男は、猛烈な二日酔いという一種の幻覚症状のなかで、旅をする。自分ひとりで山のなか深くわけ入り、谷を流れる千古の清らかなせせらぎの川を彼はさがし求めるのだ。

うまくさがしあてたなら、彼は、我が手で自分の腹をさき、肝臓をとりだし、小川の美しき水にひたして、ねんねんよう、おころりようというような歌をうたいながら、酒びたりの肝臓を洗い清めるのだ。二日酔いは、この幻の川で自分の肝臓を洗うことによってやがてうすらいでいく。うまく小川をさがしあてることができないときには、彼の二日酔いは、かつてないすさまじい様相を呈してくる。

南の島でコジキになり、とぼとぼと歩いたりじっとすわりこんで放心したりしている幻のぼくは、同時に現実のぼく自身でもある。まだヒッピーの「ヒ」の字も日本では口にされていなかったころ、現実のぼくは、幻のぼくのお手本に、南の島で出会った。白人の、おそらく当時のぼくと同年齢と思われるコジキふうの青年だった。朝早く、ぼくが海岸をとおると、彼は、すでに海岸にいて、好きなところにすわって冥想していた。いや、冥想すらしてはいなかっただろう。彼は、ただ、そこにすわっていた。夕方、陽が落ちかけるころにまたそこをぼくがとおると、白人のコジキ青年は、まだおなじところにいる。ぼくがほんとうの意味で住めるところは南洋の小さな島以外にないと確信していたぼくの目には、その白人コジキ青年は、ぼく自身として映じた。

幻のぼくと現実のぼくとは、二元論ではなく、混然とした一体だ、コジキになってひとつところで放心しているのは、その土地をじっくり見るためではない。結果としては、いやでもじっくり見てしまうが、それはあくまでも結果なのだ。

では、目的は？　そんなもの、ない。動くのか？　動かない。無限に漠としつつ三千海里を動きながら、椰子の樹の根もとを一歩たりとも動きはしない。

2　島の夜明け

タヒチ島パペーテの海岸通りに、なんとかという有名なバーがある。ある雨季の日の昼さがり、客引きと店内雑役をかねたような、すれっからしのポリネシアン・ガールを相手に、彼女はフランス語ぼくはバカなアメリカ語で、まったくつうじない会話を楽しみつつ、ぼくはビールを飲んでいた。

よごれはてたマヴェリックのジーンズの尻ポケットからぼくはアルミニウムのクシをだし、ホノルルの下町で買った日本製のヤナギなんとかというギトギトの緑色のポマードでなでつけたリーゼントのかたちをととのえなおした。いまでもそうだが、昔からぼくはすこしバカだったのだ。

するると、となりのストゥールにすわっていたチンピラのフランス男が、なぜだかそのアルミニウムのクシを、とても珍らしがった。

「ほしいかい」

と、ぼくが言うと、そいつはそのクシで自分の栗色の髪をすいてみて、ニッと笑い、

「うん、よかったらくれよ」

と、こたえた。

一年くらいのあいだ、いつも持ち歩いてつかっていたクシだったから、ぼくの頭皮と何度もこすれあうことによってクシの目の角がすっかり丸みをおびていて、髪や頭皮への当たり具合いが、とてもよかった。

「ビール一本と交換に、それをあげるよ」

ぼくは、そう言った。

やがて彼はぼくの腕をひっぱり、店を出よう、と言った。また降りはじめた雨のなかを軒づたいにスーパーマーケットまでいき彼は地元のビン入りのビールを一本買い、ぼくによこした。あのビールは、なんと言っただろう。そうだ、「ヒナノ」だ。若い女性の美しい上半身がラベルに描いてあったっけ。ぼくは、アルミのクシを彼にあげた。

「ヒナノ」を一本持ち、ハダシで好き勝手に歩いていると、ワーゲンのマイクロ・バスが三〇分に一度くらい、とまってくれて「乗りなよ」と言う。観光ホテルの、お客さん送迎用バスなのだ。何度めかに、ふと乗ってみる気になって乗ったら、なんとかというホテルについた。

バスから降りると同時に、すごいリズムが聞えてくる。いわゆるポリネシアの、機械のように正確な、それでいて人間の息吹きあふれるポリリズムだ。

音をたよりにホテルの林のような中庭を歩いていくと、大きな小屋があり、青年男女がリズムの練

習をしていた。持っていたビールを飲みながらぼくはその練習に聞きほれ、すっかりいい気持ちになった。

青年たちはそのホテルの夕食時におこなわれるファイア・ダンスの踊り手たちだった。リーダー格の男とぼくは仲良くなり、彼のはからいで無料でショーを観せてもらい、ものすごくうまいエビの料理を食べさせてもらった。ぼくはコジキ同然だったから、これはありがたかった。

このとき、ぼくのななめ前の席にフランス人の若い女性がエスコートとふたりで食事していた。中年のウエイターが持ってくるワインを、チラとラベルを見ることすらせず、つづけて四度、断った。ヒラ、と白い掌をひとふりすると、ウエイターはほんの軽く一礼してひきさがり、ちがうワインを両手で持ってくる。ワイン、というと、ふとこのときのことを思い出す、たとえばいまのように。

ファイア・ダンスのリーダーの家に泊めてもらい、暗いうちに起き出し、島の東側の海岸へスクーターでいった。ジタンの葉っぱを抜き去ったあとへ「煙草のなかの煙草」をつめ、彼とまわしのみしつつ、夜明けをむかえ、その全貌をぼくは見た。

言語を絶したこの夜明けの光景を思い出すたびに、ぼくの全身にさあっと快感の鳥肌が立つ。

3　久保田麻琴と夕焼け楽団

このじつに愛嬌のあるLP『ハワイ・チャンプルー』の登場をぼくは心からよろこびたい気持だ。『国境の南』といい、『サンフランシスコ・ベイ・ブルース』といい沖縄の歌といい、自分たちのものになりきっていて、個々の歌としてではなく、自分たち自身として提示されているところが、ぼくにはなんともうれしいのだ。音のブレンドの具合が、このLPほぼぜんたいにわたって、ぼくは好きだ。ハワイアン、ひと昔まえのキングやスターデイの感じのカントリー・アンド・ウエスタン、軽いホンキートンク・ブルースそして自分自身を、ゆったりのんびりと、本能的にまぜあわせることによって久保田麻琴と夕焼け楽団というアイデンティティを、さりげなくつくりだしてしまっている。ハードに直線的にがんばった結果ではなく、ゆたっとしたとてもいい雰囲気のなかから自然に出てきたものだろう。ほんとうに楽しみながら、自分たち自身をつくろうとしている。それがうれしい。

スローな選曲が多すぎたかな、という気がするのだが、ぼくはA面の第一曲のようなできあがりが好きなので、ふとそう思うだけにすぎない。スローになればなるほど、冗談なのか本気なのか見当をつけにくくなるところが、最高の愛嬌だ。

A面の第一曲のような感じをもったインストルメンタルは、ぼくにとっては、幻の音のひとつなのだ。なにげなくふと入ったハワイやウエスト・コーストの下町の居酒屋のジューク・ボックスでかかっていたり、ライブ・ハウスで地元のバンドがショー・チューンのあいまにひょいと軽く一曲やったりする感じの曲が、これなのだ。音を全身でうけとめたとたん、あ、これはいいぞ、と確信してとてもいい気分になり、音が全身に入りこんできてカナビス・サティヴァによるフライング・ハイに似た感覚になり、うれしくてしょうがない。レコードになっているならぜひ買おうと思ってあとでさがしてみるのだが、みつからない。おなじ酒場へいき、ジューク・ボックスのレコードぜんぶかけてみても、つい二、三日まえにはたしかに聞いたのに、もうない。そのまま、二度と聞くチャンスがなく、体の感覚の片隅でその曲は幻の音になってしまう。そういう意味での幻の音にごくちかいものがひとつ手に入っただけでも、ぼくはこのうえなくうれしい。

ついでにハワイでの幻の音についてもうすこし書いておこう。ダウンタウン・ホノルルのバーに出演していたポリネシア系の老人たちのギター・バンド。これが、ポリネシアンのリズム・アンド・ブルースだった。ボロなオープンのワーゲンでとおりかかって聞き、すこしはなれた駐車場に車を置いてもどってきたら、老人たちはもういなかった。それから、どこの島だったか、観光客用の大ホテルのショー・ルームみたいなところで、晴天の昼さがり、客なんかひとりもいないのにピアノの弾きうたいをやっていたポリネシア系のおっさん。これがまたポリネシアン・ブギなのだ。ポリネシア女性ふたりがうしろに立ち、ハーモニーをつけていた。あとになってこのブギ・グループをさんざんさがしたのだが、ついにいきあえなかった。

このLPのA面第一曲も、たとえばハワイの安食堂のジューク・ボックスでふと聞いたなら、ぼくはきっとレコードをさがすはずだ。晴れた日のまっ青な空ときらめく陽、雨の日のけだるいもの悲しさ、そして夜の暗さと波の音を持ち歩きながら。

ウエスト・コーストとの触れあい

1　自動車のフードにロードマップを広げると

ぼくが自分にむかって自分で「ウエスト・コースト」と、ひと言、ささやくとき、その言葉につれられて思い出されてくるのは、残念ながらウエスト・コースト・ジャズではないのだ。「シェリーズ・マン・ホール」という、シェリー・マンにひっかけた名前のジャズ・クラブや、そこで聞いた演奏などが、ウエスト・コーストという言葉につながってくるまでには、かなり時間がかかる。

ウエスト・コーストは、ぼくにとっては、文字どおりのウエスト・コーストなのだ。音楽やファッションをとっかかりにした、まぼろしの地ではなく、北アメリカ大陸の西端で太平洋と接しているところという、地形とか地理とか気候とか、そういったことのトータルな総合体として、ぼくはまずはじめにウエスト・コーストと触れあった。これからも、そんなふうにして、触れあいはつづいていくだろう。

ワシントン州とオレゴン州については、具体的なことはなにひとつ知らないし、入りこんでみたこともないからはっきりは言えないのだが、のこるひとつのウエスト・コースト・ステートであるカリフォルニア州だけを相手にしているだけでも、一生をついやしてしまうことはとても簡単に可能だ。

なにしろ広いし、地形はとても複雑だから、気候は土地によって激変する。自然のなかでの生活にも、その当然の結果として、種々さまざまある。カリフォルニア州のなかには、どのようなかたちの自然であれ、いかなる地形であれ、そのすべてが存在する。ハリウッドが「映画の都」になっていったのも、カリフォルニア州におけるロケーション撮影の便利さが大きな要因になっていた。ゴールデン・ステートという別名をカリフォルニア州は持っているけれど、ゴールデンなどをとおりこして、一種の魔力を、この州は常に自分のまわりにたたえている。人をひきよせる力がとてつもなく強力であるから、そこにひきよせられた人々が、なにしようと、なにをつくりだそうと、すくなくともぼくはおどろかない。カリフォルニアでは、あらゆることが非常に巨大なエネルギーをはらんで、いっきに可能なのだ。

ロサンゼルスは、大がかりな精神病院だというような気がしないでもない。もともとなんにもなかったところへ、ある日以来、強引に巨大な町をつくっていってついに今日のようになってしまったロサンゼルスには、たとえば昔からつづいている由緒ある村や小さな地方都市などからはとうていい感じることのできない、すさまじいエネルギーを感じとることができる。

公立図書館で、ウォーター・クーラーのよく冷えた水を紙コップで飲みながら、ロサンゼルスで使用されている飲料水その他の水はどこから来るのだろうかと調べたときのことが忘れられない。

アメリカの紙コップの中の、よく冷えた水は、とてもおいしかった。もちろん、天然の水が持つおいしさとは、かなりちがっている。なんだか薬品くさいし、冷え方がやはりなんといってもウォーター・クーラーの冷え方だし、仮りに、ロウびきの紙コップの中にその水がおさまっているおさまり方は、いかにも、ほんの一時的に、そこにおさまっているのだというようなおさまり方だった。

ロサンゼルスには水がないから、遠くシェラネヴァダ山脈のなかから、雪溶けの水を巨大なパイプでひっぱってきて、使っている。このパイプは、ロサンゼルスから飛行機に乗って東にむかうとき、空から見ることができる。

カリフォルニア州の南端がモハーヴェの砂漠だとすると、カリフォルニア州の奥、つまり東側をおさえているのが、シェラネヴァダ山脈だ。この山脈の北は、カスケードの山塊につながっている。南北にのびているカリフォルニア州の背骨のひとつが、シェラネバダだ。もうひとつは、太平洋岸、つまり西側をやはり南北におさえている。沿岸山塊と呼ばれている山々だ。ロサンゼルスやサンフランシスコは、この沿岸山塊のさらに西の外側にある。アメリカのウエスト・コーストに日本から来た場合、ロサンゼルスやサンフランシスコのほんの一部分をかけまわり、山々を飛行機でとびこえて東部のほうへいってしまうというケースが多いのは、とても残念だ。ぼくの気持としては、もったいなくてとても飛行機には乗れない。もったいないとは、つまり、カリフォルニアのいたるところを、自動車でうろうろしていつづけたいという気持がとても強いということだ。

ふたつの山脈にはさまれた、たてながの巨大な盆地は、サクラメント、フレズノ、ベーカースフィールドと、それぞれ思い出の土地だし、シェラネヴァダのすぐ東側のハイウエイも忘れがたい。ハイウエイといえば、太平洋ぞいの、カリフォルニア・ワンと呼ばれているステート・ハイウエイが、素晴らしい。死の谷も、いい。レッドウッドの山もいいしバハ・カリフォルニア、カリフォルニア湾もいい。ぜひ行けと、さかんに土地の人たちにすすめられたのは、サンタ・バーバラの沖に散らばっている小さな島々だ。オレゴン州とのさかいに近いところには、第二次大戦中にカリフォルニアの日系人たちが強制的に収容された強制収容所跡の、テューールレイクがある。カリフォルニアにおける日本人の歴史をたどっているだけで、一生の仕事になってしまいそうだ。

カリフォルニアの自然は、とにかく魅力にあふれている。そして、そのなかで出会う人間たちがまた、ありとあらゆる種類に満ちていて、興味はつきない。ソーダ・ファウンテンの椅子にさきほどまで腰かけてなにか飲んでいた美人が、椅子の表面に自らの体温によってのこしたわずかなあたたかみをタネに、手のこんだサギを働いてそのあがりで食っている、クラーク・ゲイブルみたいな男とか、私はシンデレラなのだ、早く馬車を用意しろと、ディズニー・ランドのアイスクリーム・パーラでぼくにからみつづけた白髪の、いささか気のふれたおばあさん。いろんな人たちが、記憶のなかにうかびあがってくる。

太平洋に接して北アメリカ大陸の西の端にあるカリフォルニアには、そこから東にむかって広がっている北アメリカ大陸ぜんたいのエネルギーが、凝縮されてなだれこんでいるように感じられる。そのエネルギーの途方もなさは、たとえばカリフォルニアからニューヨークまで自動車でいこうとして、ロード・マップを目の前に広げたときに、いちばん強く感じられる。ハンバーガー・インの駐車場で、西のほうにかたむいた強くて明かるい陽ざしを浴びながら、大きな四角い自動車のフードのうえにロード・マップを広げたときには、目まいがしそうだった。あの目まいは、なかなかいいものだ。これから何度でも経験するつもりでいる。

2　ウエスト・コーストでは両切りのタバコがうまい

ぼくが両切りタバコを喫うようになったのはアメリカのウエスト・コーストのせいだ。喫うようになったと言っても、たいして喫わないから、両切りタバコのうまさを知ったのはウエスト・コーストのおかげだ、とでも言いなおしておこうか。

南カリフォルニアは空気が極端に乾燥しているから、タバコが軽くてうまいような気がする。両切りでも、吸いこむ煙は、とても軽いのだ。それに、火のつきかたが、東京やボストン、あるいは南部などにくらべて、まるっきりちがう。

マッチの小さな炎をタバコのさきに持っていくと、吸いこまなくても、ぽっぽっぽっというような感じで、火がついていく。

ウエスト・コーストには山火事が多い。この山火事の、いちばんはじめに火が燃え広がっていくときの感じはこんなふうなのではないだろうかと、いつも思う。吸い口にフィルターなんかついてないほうが、雰囲気が出る。つまり、火をつける先端と吸い口とが、おなじであったほうがいいわけだ。

それに、両切りだと便利なことがもうひとつある。喫いがらを道にすてるとき、まず、火のついているすぐこちら側を指でもみほぐしていき、火を道に落として踏みつける。

あとは、指さきでかくし持つようにし、歩きながら少しずつもみほぐし、ばらまくようにすてていくのだ。フィルターつきだと、これができない。

日本にいて両切りタバコに火をつけるとき、ふと、ウエスト・コーストを思い出すことがある。テレビ、特に南カリフォルニアのテレビでは、「山火事を出さないようにしましょう。山火事は、あなたがたの山と、あなたがたの税金とを、灰にします」というようなCMを、ひっきりなしに流している。このCMの、男性アナウンサーの声が、思い出されたりする。

コーヒーをスプーンですくって飲むのをおぼえたのも、ウエスト・コーストだ。朝の七時すぎに町へ出て、大衆的な食堂で朝メシを食べようと思い、一軒のそういう店に入った。ドラグストアの軽食カウンターだった。

カウンターにずらりとならんで朝食をとっているのが、老人ばかりなのには、おどろいた。

アメリカの老人というやつは、ほんとうに老人という感じがする。人間の様相が完全に一変してしまっていて、服装だけ明かるいが、あとはよぼよぼ、という感じが強い。

こういった老人たちが、朝になると、いっせいに、七時ごろから、町の大衆食堂へメシを食べにくるのだ。

近くのアパートに住んでいるのだろう。ひとりの人も多いし、夫婦でいたわりあっている人をよく見かける。

トーストにベーコン・エッグ、コーヒー、オレンジ・ジュース、というような定食的な朝食の香りとか味、アルミニウムのカウンターに食器や盆が触れあう音に、あの大勢の老人たちの姿が、かさなりあっている。

まっ青な空、強い陽ざし。乾いた空気。だだっ広い風景。今日も南カリフォルニアの一日がはじまるのだなと実感できるひとつの方法は、朝早く、大衆食堂で老人たちにかこまれて食事することだ。

杖以外のなにものでもないという素っ気ないアルミニウムだかジュラルミンだかの杖をコト、コトとつきながら、ヨボ、ヨボとひとりでやってきた小柄なおばあさん。ぼくのとなりにすわったので、話しかけたのだけど、朝食を食べるという自己の作業にかたくなに没頭していて、ケンもホロロだったっけ。

コーヒーをスプーンですくって飲んでいたのは、このおばあさんだ。一口ずつ流しこむ、というよりも、そうやってすこしずつスプーンで口に入れては、そのつど、これはコーヒーであるな、よろしい、と確認しているおもむきがただよっていた。

日本でもときどき思い出しては、ぼくはスプーンでコーヒーを飲んでみる。

「おー、それは老人のやることである!」

と、おどろいたような顔で、若いアメリカ人の友人が、京都の河原町のコーヒー・ハウスでぼくに言ったことがある。

コーヒーで連想するのは、水だ。ウエスト・コーストでいちばん大事なものは、水なのだ。ウエスト・コーストの水については、このところ何度か書いたような気がしているから、ここでは省略しよう。

水を大量に消費しないと、生活がまるっきり成り立たない。九〇パーセントは農業にまわるということなのだが、のこりの一〇パーセントの利用のされかたが、すさまじい。

いくら水があっても足りないようだ。シェラネヴァダから雪どけの水をダムにためてパイプでひっぱってくるのだが、これでも足りないから、カナダの河をリオ・グランデのような中央部大平原を流れる河につなげ、それをさらにカリフォルニアまでひっぱってこようという計画をぼくは新聞で読んだ。

北極から巨大な氷山のかたまりを船でカリフォルニアの沖までひいてきて、水として利用してはどうかというプランもどこかで読んだ。

強烈な陽ざしの、カンカン照りのなかに広がっている芝生にスプリンクラーでいっせいに水をまき、なにがなんでも芝生をミドリ色にしておこうというのだから、水なんかいくらあっても足りないわけだ。そこに芝生がありつづけるかぎり、スプリンクラーは永遠に回転し、水をまくであろう、という感じなのだ。

カンカン照りといえば、南カリフォルニアではとにかくよく陽が照る。山脈をこえた内陸のセントラル・ヴァレーも、すさまじい。

サクラメントあたりで、夏にモノクロームで風景写真を撮ると、雪景色のようになったりする。草が、生えながらにして、黄色っぽくみんな枯れているからだ。淡い黄色に枯れていて、ひっこぬいても枯れ草のようだ。生きた枯れ草という、不思議なものが、夏のサクラメントには生えている。

これだけの太陽だから、降り注いでくる太陽エネルギーも馬鹿にならない。どれだけ信頼のできるデータなのか、たしかめようもないけれど、巾が五マイル、長さが二五〇マイルの長方形一個に降り注ぐ南カリフォルニアの太陽エネルギーだけで、全米で消費するエネルギーをまかなうことができるという。太陽エネルギーを信奉している、一種の新興宗教のような団体が発行しているパンフレットに、そんなことがのべてあった。

陽ざしが強すぎて、洗濯物を外に干せないというところが、南カリフォルニアには、いくらでもある。

この陽ざしが、オレンジのような柑橘類の生命だ。

見わたすかぎりオレンジの木の海で、黄金色に輝く丸い実が無限に遠くまでつらなって熟している光景を見るのは、ちょっとしたものだ。

非常にシュールレアリスティックな、悪い夢のような気分になってくる。

カリフォルニアのオレンジの海は、たしかに幻想的なのだ。

たとえば、電気じかけのオレンジの木、というやつがある。エレクトリック・オレンジだ。正確には、エレクトロニクス応用オレンジ、とでも言えばいいのだろうか。

一本のオレンジの木に、実が、いくつもできる。

やがて、その実が、熟れてくる。だけど、どの実も一様に成長し、おなじときにおんなじように熟れるわけではない。ばらつきがある。早く熟していく実と、おくての実とがある。熟したやつから、人手を労して、もぎ取っていかなくてはならない。これが、面倒なのだ。実が熟れていくにしたがって、一本のオレンジの木に、何度も人手をかけなくてはいけない。この手間を省くために考案されたのが、電気じかけのオレンジだ。

具体的にどんなふうにするのか、ぼくは知らないけれど、とにかく、オレンジの木に、ある一定の電流をとおしておく。

すると、オレンジが一定のところまで熟すやいなや、その電流のおかげで、熟した実は自動的にプツンと枝をはなれ、落下してくる。

見わたすかぎりのオレンジ畑。大げさに言うと日本の四国くらいの大きさのオレンジ畑のなかで、一日じゅう、黄金色のオレンジが、強い陽ざしにきらめきつつ、あっちでもこっちでも、ストン、ストン、ストンと、落ちつづける!

薄っ気味のわるいSFの一場面のようだが、こんな幻想的なシーンが、ありありとした手ざわりを持った巨大な現実として、ウエスト・コーストには、たしかにあるのだ。

ハンバーガーの種類が世界でいちばん多いのも、アメリカのウエスト・コーストだ。

ある大きなハンバーガー店に入ってきた客が、この店にはどんなハンバーガーがあるのかぜんぶ教えてくれ、とウエイターに言った。ウエイターは、早口にハンバーガーの種類を言いはじめた。喋りおわるまでに、一時間かかったそうだ。結局、なにも注文しなかったその客に、ウエイターは多額のチップを要求。客は二十五セントしかチップを出さなかったため、裁判ざたになってウエイターのほうが勝訴した、という話を、ぼくは、ハンバーガー店で口をきいた客に教えてもらったことがある。

3 まっ赤なトマト・ジュースはウエスト・コーストを飲んでるみたいだ

夏にサクラメント・ヴァレーやサン・オーキン・ヴァレーを自動車で走っていると、いろんなことを思う。

陽ざしがカッと強烈で目がくらみそうだ。空気は、ものすごく乾燥している。時速一〇〇キロ以上でふっ飛ぶように走っていても、窓から吹きこんでくる風は、ぶわあっと熱気をはらんでいて、暑い。草なんか、枯れて生えてくる。まっ黄色な草が生えているからあれはなんだろうと思ったら、黄色なのではなく、生えながらにして枯れているのだった。

コンクリートの道路など、夏のカリフォルニアの中央盆地の陽に照らされて、すさまじい熱だろうと思う。

そのうえを時速一〇〇キロ以上で長時間にわたって走りつづけるのだから、タイアは熱をはらんでくる。よくバーストしないものだと、不思議な気持になる。

灼熱の陽ざしを浴びつつ、まっ青な空の下を自動車で走りつづけると、いまにもエンジン・フードが、パカーンとまっぷたつにひび割れするのではないかと思う。洗ったTシャツを外の陽照りのなかに干しておいたら、かわくにはかわいたのだがバリバリになってしまい、役に立たなくなった。適当な湿りのある乾燥機という矛盾した機械でかわかさなくてはいけないのだそうだ。

こんな風土だから、飲むものがみなとてもうまい。水がなんといっても最高だが、オレンジ・ジュースやトマト・ジュースも、ぜったいにかかせない。

ほどよく冷たい、まっ赤なトマト・ジュースを大きなグラスに注いでゴクゴクと飲むと、ウエスト・コーストを飲んでいるみたいな気になる。

大きなサイズのカンづめになったトマト・ジュースが、どこのスーパーマーケットの棚にも、まるで魔法のように、高くつみあげられてずらりとならんでいる。

トマト・ジュースを飲むたびに、ウエスト・コーストの風や太陽や青空、それに中央盆地の夏の、ぐわっとせめよせてくる湿気のある暑さが、全身の肌によみがえる。

LAからナショナル・インタステート・ハイウエイ5でフレズノやサクラメントにいったときに見たトマト畑が忘れられない。

まっ平らで肥沃な盆地のまんなかに、広大なトマト畑が広がっていた。

トマトはもともと不思議な魔力のような雰囲気を持っている。赤く実ったやつをひとつ手にのせてつくづくながめているだけでも奇妙な気分になる。

そのトマトが、赤とも緑ともつかないおかしなまだらの半熟みたいな状態で、見渡すかぎり無数に茎に実っているのは、壮観をとおりこしてる。

濃い緑色の葉や茎が、地平線のかなたまでつづいていて、どの方向を見てもかげろうが立ってゆらめいている。

残酷なまでにキラキラしている陽ざし、青空、熱い風、そしてからからにかわいていく喉に、いちめんグリーンのトマト畑が、ものの見事に調和していた。

カリフォルニアでは、主として、というよりもほとんど、加工用のトマトしかつくられていない。第二次大戦をきっかけに加工食品の需要が飛躍的にのびた。トマトも、その主力製品だ。

皮の厚い、ピンと張りつめた感じのある、小つぶなトマトだ。機械で収穫され、収穫されるはじから運搬用のディーゼル・トラックにつみこまれる。すぐに工場へはこんでいってしまう。トマトをつんだボール箱を山のように積んでうなりをあげて走っていく巨大なトラックと、何度すれちがっただろう。

いつでも、どこへ行っても、トマト・ジュースは大量に飲むことができる。だが、生のまま加工をせずに食べる、いわばトマトの姿サラダのようなものには、ついぞお目にかかったことがない。

トマト農場のまんなかの滑走路に単発の軽飛行機で青い空から舞いおりてきたあの男。トマト畑をながめてぼうぜんとしていたぼくにマッチをかしてくれと言って煙草に火つをけ、大きな手にひとにぎり、トマトをもいでくれた。

自分はトマトづくりの技術者だとその男は言っていた。日本ではトマトはまだ生のままで食べるほうが多いみたいだと言ったらほんとうにおどろいていたっけ。生のままで食べるトマトは栽培法がちがうし、いろいろと値がはってくるからこのあたりではつくってないよと、興味なさそうに言ってた。

夏に自動車で走ったウエスト・コーストの中央盆地。赤いトマト・ジュースをたっぷり注いだグラスをのぞきこむと、あのときカー・ラジオで聞いた音楽が、また聞こえてしまうんだ。

アメリカの都市で

1　地獄のメリーゴーラウンド

ラッシュアワーだと肩が触れあうくらいに混んでいる。走行中のすさまじくやかましい車輛のなかほどで、「ギャーッ」という悲鳴がする。得体の知れない悲鳴だ。二度三度とそれはつづく。なにかを必死にうったえかけているような悲鳴だ。

そばにいる客たちが順おくりにその悲鳴の主をドアのほうまで動かしていく。駅に入ってドアが開き、悲鳴をあげている男はプラットフォームに押し出される。ベルも笛も鳴らず、ドアはいきなりバーンとしまり、すさまじい音と共に地下鉄は走り去る。むこう側の電車が猛烈ないきおいで駅に入ってきて、ブレーキをかけ、とまる。

さっきの男はコンクリートの柱の前にうずくまり、うなったり悲鳴をあげたりして、頭をかかえている。あきらかにバッド・トリップだ。LSDだかなんだか、とにかく薬を飲んだのだ。地下鉄のなかで、きいてきたにちがいない。

人々は足早にとおりすぎていく。ちらと見る人もいるし、どうしたのでしょうねと話しあう人もいる。助けようとする人もいるのだが、どうしていいのかわからない。その男の苦しそうな悲しそうなバッド・トリップが、あまりにも生々しく生き物的なので、こわくて手が出せない感じなのだ。

一時間くらいしてふたりの警官がやってくる。ひとりは警棒をぬいてふりまわし、カツン、カツンと足音をひびかせてやってくる。警官は、あいかわらず悲鳴をあげている男をひきたてていこうとする。男はあばれる。警官は男に手錠をかける。

男は、自分の手首にかけられた手錠を見て、ひときわすごい悲鳴をあげる。その顔は、さまざまなバッド・トリップをもとにして描いた絶望的なコミックスによく描かれている、恐怖そのもののような顔そっくりだ。

薬がきいてきて、地下鉄やそのなかの人たち、コンクリートの柱、手錠などに対して日常的な反応ができなくなっている。そういったものに対していつも感じている不安が全身に鋭く表現されている。薬の助けをかりているとはいえ、不安を丸出しにしているぶんだけその男はほかの乗客たちよりは正直で同時に無力だ。

ふたりの警官に両側をかためられたその男は、手錠をかけられたまま、夢中で抵抗している。だが、普通の正気の状態における抵抗ではないから、警官にとっては赤子の手をねじるようなものだ。ものなれたふたりの警官の動作と、いまの自分にはまったく理解をこえた異星の地獄のような地下鉄駅のなかで必死に抵抗している男の体の動きは、対照的だ。

ひきたてていく警官にとって、いまのこの男は、得体の知れない不気味な生き物だ。ひきたてられていく男の顔よりも警官の顔のほうが、恐怖に満ちている。一時的な狂気のおかげで、自分以外のいっさいが狂気のさたとして映じている男は、そのことへの恐怖を全身にみなぎらせている。だが、その男を、いちおうは単なる軽犯罪者として連行しようとしている奇妙にストイックな警官の横顔は、どうにもならない苦しみでいっぱいだ。

ニューヨークという管理都市のなかで、彼らは、管理ということのぜんたいをどことも見当のつけようのない高みから常におおいつくしている政治を、ひとりの大衆として、いつも腹の片隅で感じている。

いっさいが政治によってとりしきられている。その政治たるやなにからなにまでぜんぶ悪玉によって握られているのではないのかという不安が、常にその警官の頭にある。ことと次第によっては、自らも悪玉の末席につながりかねないし、もうつながっているのかもしれない。頭上をいつもおおっている政治への恐怖が、手錠をかけてひっぱっていこうとしている薬ぐるいの男を凸レンズとして、瞬間、大きくうかびあがる。

薬にひたっているその男にとって、自分が自らすすんで良い反応をおこしていくことのできないものはすべて、得体の知れない恐怖だ。その恐怖が、警官が腹の底に常に持っている不安と同質だと考えるなら、恐怖をそのまま生のかたちで全身から発散させている男はすぐれて人間的であり、ストイックな赤ら顔でその男をひきたてていく警官は、轟音と共に往き来する地下鉄以上に、メカニズムの一端としての機能のみを果たしている。男をかかえるようにして地上への階段をあがっていった警官は、このことにとっくに気づいているにちがいない。警官もまた大衆であるがゆえに、気づいていないなどということはありえない。

2　ハリウッド大通りのコン・マン（詐欺師）

ロサンゼルスのハリウッド・ブールヴァードだったと思うのだが、とあるスナック・バーのカウンターで、五月のある日、ぼくはアップル・パイを食べながらコーヒーを飲むでもなく飲み、例によって馬鹿面していた。

そこへ、ひとりの女性が入ってきた。ぼくの右どなりの椅子ひとつおいてそのむこうの椅子に、腰をおろした。やがて、ぼくは、ふと、彼女を見た。そして、おどろいた。

まさにおどろいた。

ものすごい美人なのだ。血の気がひいていくような思いだった。実際、ぼくはまっ青になったにちがいない。あーっ！　と胸のなかで声をあげ、目をまん丸にむいて口をあけ、および腰になってぼくはその美人をながめた。

栗色の髪に、白っぽいピンクの、輝ける肌。ストゥールに軽く腰かけた体は、すんなりと見事にバランスがとれている。服の趣味も、アメリカ人にしては珍らしくシックだった。

顔が、見ていて瞳のなかに引きずりこまれてしまいそうなほどに美しい。外国の美人は何人も見ているけれど、こんなのは、はじめてだ。つくりもののようなのだ。お人形ではないのか、と一瞬ぼくは思った。

うわぁ、現実にこんなすごい美人がいるんだなあと、電撃に打たれたように心のなかで何度もひっくりかえりながら、ぼくはその美女を見ていた。

サイコロに切った緑色のジェローをスプーンですくって食べ、コーヒーを飲んでいた。ちらとぼくのほうを見た。いままさに微笑がうかばんとする直前のような表情を彼女はぼくに見せてくれた。

ほどなく彼女はカウンターにおカネを置き、外へ出ていった。

うーん、とぼくはうなった。うなりおえるかおえないうちに、彼女がすわっていたストゥールのむこうどなりに、中年のちょっと粋な男があらわれ、腰をおろし、

「きみ、いまの美人に見とれてただろう。気持はよくわかるよ。すごい美人だったなあ」

と、ぼくに言う。

「すごい美人だったねえ、そのとおりだよ」

「ちょっとここにさわってみな」

と、男が言う。彼女がさきほどまですわっていたストゥールを男は指さしている。

「さわってみな。さわってみなよ」

自分のストゥールからなかばおりるようにして、ぼくは、手をのばした。美人がすわっていたストゥールの、腰をおろすところに右手をのせた。

「あったかいだろう。生あたたかいだろう」

「うん、あったかい」

たしかに、まだぬくもりが残っていた。

「あの美人の、ケツのあたたかみだよ」

と、男は、あからさまに言った。

そう言われれば、たしかにそうなのだ。ストゥールに残っているぬくもりは、さっきの気絶しそうなほどの美女の、ケツのあたたかみなのだ。

「なるほど、そうだねえ」

「もういちど見たいもんだな、あんな美人を」

「まったくさ」

「ひきかえしてくることなんて、ないかな」

「ないだろうな。幻だよ、あれは」

「ノー、ノー」と、男は首を振った。「すわっていたストゥールにケツのぬくもりを残していくんだから、ありゃあ生き物だよ。きみや俺とおなじさ。かえってくるかもしれん。よくあるじゃないか。さっきまで自分がいたところへ、なにかの用があって、かえっていかなければならないことが」

「まず無理だな、かえってこないよ」

「ふうん。ひとつ、賭けてみるかい」

男の話のすすめかたは、まるっきりうまいものだった。会話だけ再現すると、どうってことはないのだが、その場の雰囲気や男の気さくな人あたりなどが混然と一体になって、出来のいいハリウッド映画のように、ダイアローグは、はずんでいった。

一〇ドル賭けよう、と男は言った。ぼくは、彼女がかえってこないほうに賭け、男は、かえってくるほうに賭けた。

煙草を買ってくる、と男は言い、隅っこにある。自動販売機まで、歩いていった。大きな店だから、隅っこまで歩くとかなり遠いのだ。

そして、信じられないことがおこってしまった。

さきほどの、絶世の美女が、ひきかえしてきたのだ。

「オー、マイ、グッドネス！　私はいったいどうしてしまったのでしょう」

と、おでこに手を当て、ぼくのとなりのストゥールにすわった。

とてもいい声だし、となりにすわってぼくにむかって発散してくる肉体の量感がなんともいえない。

ぼくは早くも夢心地だった。

なんとかというプロデューサーに会う約束だったのだが、時間を一時間も早くまちがえてしまった、オー、ボーイ、なんという日でしょう、と彼女は言う。

「たまにあるんですよ、そういうことが」

と、ぼくは言った。いま考えてみるとよくこのとき口がきけたもんだ。

「あら、そうなの？」と、美女はぼくの顔をのぞきこんだ。「あなたも、時間を一時間も早くまちがえたりすることがおありなの？」

「ええ、ありますよ」

「まあ、よかった。私だけおかしいんじゃないのだわ」

そうです、ぼくだっておかしいのですよ。

むこうのほうのカウンターから、煙草を買いにいったさきほどの粋な男がさかんにウインクしてよこすのに、ぼくは気づいた。ぼくは、ニコニコ、ニコニコしていた。

せっかくだからほかの用件をひとつすませましょう、と彼女は言い、スナック・バーを出ていった。

すぐさま、カールトンの煙草をひとつ持って男がぼくのとなりに帰ってきた。

「まだあたたかい、まだあたたかい」

と、彼女がすわっていたストゥールに彼は手を触れた。ぼくも、さわってみた。うん、あたたかかった。

「勝ったぜ、俺は賭けに勝ったぜ」

男はほんとうにうれしそう。ぼくもうれしかった。あんなものすごい美人と口がきけたのだ。

ぼくは男に一〇ドル払った。

あとで人に教えられて知ったのだが、男と美女はグルになってぼくをペテンにかけたのだ。

ソーダ・ファウンテンの片隅で

1

しばらくアメリカにいると、水をよく飲むようになってしまう。空気が、日本とは比較にならないほど乾燥していたり、英語と日本語とでは、口の動きがまったくちがうから、ノドが渇くのだ。食べものも関係しているのだろう。いたるところにウォーター・ファウンテンがある。

日本の団地にある冷蔵庫ぐらいの大きさの機械が、デンと置いてあり、ペダルを踏んだり、ボタンを押したりすると、アイス・ウォーターが、こんこんと流れ出てくる。どこにでも、このウォーター・ファウンテンが置いてあるから、目につくと、ちょっと飲みたくなる。どこで飲んでも、その水はよく冷えていて、なかなかうまいものだ。会社のなかにも置いてあり、飲んでいる人が多い。

ウォーター・ファウンテンにも、いろいろな形がある。ガラスのタンクで、なかの水が見えるようになっているのも見る。

日本には、この無料のウォーターファウンテンが、めったにないから、日本に来たばかりのアメリカの人は、不思議な思いをするのではないだろうか。たとえば羽田空港の到着ロビーや税関などで、ウォーター・ファウンテンを見かけたことが一度もない。冷たい水が飲めなくて不便に思うアメリカの人たちは多いにちがいない。

2

ソーダ・ファウンテンについて書こうとして、まずウォーター・ファウンテンのことを書きたくなった。ドリンキング・ファウンテンともいう。ウォーター・クーラーでもいい。ファウンテンとは「泉」だ。日本の英語教育だと、ファウンテンは「噴水」やドリンキング・ファウンテンとつながるよりも先に「泉」とつながっているようだ。ドリンキング・ファウンテンは、日本では、なぜか銀行の待合室にある。

ソーダ・ファウンテンって、なんだろうか。研究社の『ポケット英和』をひいてみると、次のように説明してある。

「ソーダ水売り場。アイスクリーム、各種の清涼飲料、軽食なども出す」

デパートの一階や地階の片隅、下町のいろいろな店の並んでいる一画に、あるいは、映画館と玉突き屋のあいだにある露地の角などに、いかにも都会の点景というたたずまいで、ソーダ・ファウンテンがある。日本にもカウンター式のコーヒー・ショップがあるけれど、あれをもっとアメリカ的にしたものだと思えばいい。

ジュラルミンでできたカウンターがあり、丈の高いストゥールがフロアに固定してある。このストゥールは、まことに腰かけにくいという人が多いけれど、そんなことはない。深くすわり、足を乗せるところが、ちゃんとつくってあるから、そこに両足を乗せ、カウンターにむかって少し前かがみになると、居心地はかなりいい。

3

コカ・コーラが、ビン詰めやカン入りではなく、そのソーダ・ファウンテンの店員の、いわば「お手前」で飲めた時代があったという。それほど昔ではないし、いまでもやっているところがあるかもしれない。コークの、濃縮原液というのだろうか、そういった液を適量だけグラスに入れ、ファウンテンからソーダ水をジャーッと注ぎこめば、コークの「お手前」ができあがる。

ソーダ・ファウンテンのコークでうまいのは、フローズン・コークだ。大阪の万博にあったというけれど、コークがしみこんだ雪の積もったのを集めてきて、紙コップに入れたような感じのもの。雪にコークをかけたのではなく、はじめからコークがしみこんでいる雪を集めてきて、それが半溶けになったような状態なのだ。ストローで飲む。これは、おいしい。

炭酸系の清涼飲料は、むずかしくいえばカーボネイテッド・ドリンクス。ふつうはポップと総称する。いろいろな種類があり、どのポップもみなおいしい。

ルート・ビアもいい。サンドイッチやケーキ、パイ、ハンバーガーなどを置いている店が多いから、一食を軽くソーダ・ファウンテンですますことだってできる。

4

どこの町だったろう、ヴァージニア・シティだったかな。観光客用に昔の西部の町をつくり、保安官と悪漢の対決を実演してみせるところの近くの町だった。なんの変哲もないソーダ・ファウンテンに、ぼくは入った。スプライトのスモール・グラスを飲もうと思ったのだ。

ストゥールは、ほぼ満席だった。背中が腰のあたりまでベア・バックになったワンピースの胴のくびれた、形の良いお尻がすわっている隣りのストゥールが、あいていた。

そのストゥールに、ぼくはすわった。ひょいと、ぼくのほうを振りむいたその女性は、目尻のつりあがったスタイルの、ダークなサングラスをかけていた。そのサングラスの、鼻にひっかかるブリッジの部分に、三角形のビニール片がビョウ止めしてあった。ビニール片は、彼女の鼻にかぶさり、鼻の峰をすっぽりとおおっていた。鼻が陽焼けしないようにだ。

スプライトを飲みながらパイを食べたら、

「妙な取り合わせだこと」と話しかけてきて、すこし世間話をした。とてもダークなサングラスだったから、彼女の目の表情は、さっぱりうかがえない。だが、喋るたびに、鼻にかぶさっている三角のビニール片が動き、その動きが表情の一部になっていた。ソーダ・ファウンテンというと、これを思いだす。

「歯ブラシ地図」という奇妙なものについて語り合った青年も忘れがたい。ロサンゼルスのどこかのソーダ・ファウンテンだったと思う。ぼくの隣りにすわった青年が話しかけてきて、なんとなく世間話になった。

どういうきっかけからか、歯ブラシについての話になった。歯ブラシは毎日使うけれど、歯ブラシをくわえて歯をみがきながら、一マイル歩いた男は、人類の歴史はじまって以来、まだひとりだっていないはずだ、とその青年がいった。やがて彼はアメリカ地図を取り出した。飛行機に乗ると無料でくれるやつだ。

赤いボールペンで、いろいろなところに丸印がついているし、ごく短く線を引っぱってあるところもある。「赤丸は、オレが、かつて歯ブラシを使ったことのある町さ、線は、車で走りながら、あるいは飛行機で飛びながら、歯ブラシを使ったことの印だよ」

自分は、こうして一生ずっと「歯ブラシ地図」をつけ続けるのだと彼はいい、その地図を折りたたんで、大事そうにジーンズの尻ポケットにしまいこんだ。

5

ソーダ・ファウンテンは、禁酒法時代に、酒場にかわって登場したものだという説があるのだが、いくつかの辞典をあたってみるだけでも、ソーダ・ファウンテンは十九世紀にはじまったものだとわかる。香料入りのソーダ水は、ボストンではじまったという。炭酸ガスを用いはじめたのは、そのあとだ。

ソーダ・ファウンテンが一般になじまれはじめたのは、一八七六年のアメリカ独立記念大博覧会からだ。それから十年後の一八八六年には、コークの生誕の地であるアトランタに、すでに四軒の店があったという。

このアメリカ独特の流通形態は、当時の人びとの社交の場として大いに栄えた。いまも残されている広告やポスターをみると、それがよくわかる。

そして、コークをはじめとするポップの販売の中心は、一九〇〇年ごろから始まったビン詰めの技術の開発と、交通機関の発達により、しだいにソーダ・ファウンテン以外へと移行する。

ビン詰めコークの誕生によって、いつでもどこでも飲めるようになったわけだ。けれども、ソーダ・ファウンテンそのものは、いまも町角に生きている。

もっともアメリカ的な場所、ないしは光景を、いくつかあげるとするならば、ソーダ・ファウンテンは、そのなかに必ず入る。ソーダ・ファウンテンのストゥールにすわって、ドーナッツにコーヒーやコークをたのんだりすると、うわぁ、アメリカへ来たなぁ、異国へ来たなぁ、という感動にも似た特別の気分が、きっと味わえるはずだ。

アタマがカラダを取り返すとき

しっかりとした本格的な道具を自在に使って、なにか具体的な作業を日々おこなったり、あるいは、はっきりとした形と有効性を持ったなにものかを目の前につくりだしていきたい――という気持は、人間にとっては本能的なものではないだろうか。なにしろ人間は、道具を使ってしまう猿なのだから。

しかし、都会のなかで現代人としての日常を送っていると、道具を駆使するチャンスなんて、まるでない。自分の肉体の一部のようになっている使いなじんだ道具類を手にして、なにごとかをおこなったり、なにものかをつくりだすチャンスは、ほとんどない。

生活に必要なものは、すべて店で買うことができる。というよりも、店で買わされている。一時的な間にあわせのチャチなものであっても、とにかくすべてを店で買ってすますことができる。

都会あるいはすこしでも都会化されたところではみんなそうだ。あらゆるものを、おカネで買っている。つまり、たいていのものはすでに商品化されて店にならんでいる、ということだ。

ぼくたちは、商品に満足しているだろうか。満足してはいない。個性や好みに応じて選択の余地が大きく残されているようにどの商品も巧みに宣伝されているけれど、選択の余地などほとんどない。あるとしたら予算に合わせた価格の高低と色変わりくらいのものだ。それに、選択の余地の大きい商品なんて、商品の基本的な性格と矛盾してる。

商品に対する不満。そして、商品によってとりかこまれつくしている自分に対する不満やいらだち。このように二重の構造になって不満がうかんでくるとき、自分自身に関してどのようなことにぼくたちは気づくのだろうか。

自分のほとんどをさまざまな商品に対して明け渡していて、アタマもカラダも、うばわれつくされかけている、という事実に気づくのだ。


商品化された旅を買ったりすると、こういうことに気づくいいチャンスになる。自分自身の気持に忠実に、自分自身の考えにもとづいて動いてこそ旅なのだが、商品としての旅からは、自分自身の考えと自分自身の動きという、もっとも大切なふたつのものが、見事に抜け落ちている。抜け落ちているからこそ商品になれるのだが。

自分自身の旅をやってみようと決意するところから、バックパッキングやキャンピングなどがうかびあがってくる。そして、ほんとうに自分でバックパッキングやキャンピングをおこなうためには、それにふさわしい道具類がほんとうに必要なのだ、とわかってくる。

靴やジーンズ、あるいはシャツだけをとってみても、バックパッキングに安心して使えるものは身辺になにひとつない。

たいていのところはどんどん歩けてしまう軽くて丈夫ではきやすい靴はどこにあるのだろう。脚を動かしやすい丈夫なジーンズはシティ・ジーンズのなかには見つからない。町なかで着るボディ・シャツではバックパッキングなどとうていできない。

こういった靴やジーンズが日本にはなく、アメリカではごく日常的にきちんと手に入る、という事実がわかるまでに、さほどながい時間はかからない。自分自身のカラダとアタマを使ってなんでもたいていのことはやってしまうことがアメリカでは日常化しているからだ。

それに、ひと世代あるいはふた世代まえのアメリカは西部開拓時代だった。文字どおりドロまみれになって道具を駆使した時代が、ふりむけばすぐうしろにあるのだ。

開拓時代の西部の荒野に建っていた小屋のような民家を当時のままに復元したものが、アメリカの各地にある。なかに入って、つくづくながめわたすと、その小屋にあるものはすべて、道具なのだ。しっかりとした、頑丈そうな、単純で有効性の高い道具ばかりなのだ。

未開拓の西部、という自然のなかに入りこんできた人間たちにとって、このような道具類のいっさいが、自然と自分たちとの、動かしがたい接点であったわけだ。その道具類を使って文字どおり体を張っていくという具体的な意味において、開拓小屋のなかにあるいろんな道具は、その小屋にかつて生きた人たちの肉体の一部だったのだ。小屋の壁にかけてある道具のひとつひとつから、かつての人人の肉体が、生々しくよみがえってくる。

ヒッピーのコミューンでも、ぼくはおなじような感銘をうけたことがある。自給自足をつらぬこうとしている共同体のなかで、もっとも重要なのは、ありとあらゆる種類の、ずらりとそろった道具や工具類だった。そして、どのメンバーも、道具の使い方や扱い方に、非常に熟達していた。

道具に対するこのような認識のきっかけを日本のなかに見つけるのは、かなりむずかしい。だがアメリカでは、楽に見つかる。

たとえばデパートでも、それはできる。日本のデパートでは、ネクタイ売場にぶらさがっているネクタイの数が発狂的に多いけれど、日曜大工の道具売場は貧弱だ。アメリカのデパートでは、多くの場合、地下に、道具や工具の売場があり、ながめ歩いていて飽きることがない。ちょっとした工場の設備なら、デパートで調達できてしまうほど、よくととのっている。シアーズ・ローバックなど、特にそうだ。

アメリカはなにごとに関しても徹底した国だ。その徹底ぶりは、さまざまな具体的なことがらとなって、おもてに表現されてくる。道具や工具、作業衣などにも、そうした徹底ぶりが出てきているにちがいない。

そのような道具もまた、いまでは商品なのだが、いっときの間にあわせとして消えていったり、あるいは、使う人のことなどまるっきり考えずにつくられたものだという苦い体験はせずにすむ、たしかな商品なのだ。買って裏切られることは、あまりない。

こういった、たしかな手ごたえを持った各種の道具類が、ごく日常的にアメリカにはある。そして、なにひとつたしかな道具を持っていない自分に対する不満が、アメリカの本物の道具に対するファッション的な執着からまず解消されていこうとしている最近の現象ができるだけながくつづけばいいと、ぼくは思う。

ひとつの本物の道具を買ってながめているだけでもいいから、本物とのつきあいがつづいていくと、本物とはなになのかということが、ゆっくりわかってくるのではないのか。

そして、本物の道具を使って、たとえばバックパッキングに自分自身で出かけていくと、自分がなになのかよくわかるし、自分が入っていった本物の自然がなになのかも、よくわかるようになる。

これまでの自分たちが、間にあわせとニセモノの文化のまっただなかに、いかにながいあいだ隔離されつづけてきたかということが、身にしみて体験できるはずなのだ。

ギブスンやフェンダーでビートルズのベース・ラインを夜明けまでかかってレコード・コピーし、かつてビートルズたちが使っていたのとおなじアンプやスピーカーを使って音を出し、レコードとおなじ音が出た！　という感激を自分の手で自分のものにするところから、コピーではない自分自身のものをつくりだしていく道が見えてくる。

数多くの若い人たちが、外国を旅している。いわゆる欧米の先進国に身を置いてみて感じる、いまの日本の文化とのあいだにある決定的な落差にともなう異和感をまるで感じない人がいたら、その人はすさまじく鈍感なのだ。この異和感を、かつてのように劣等感や憧憬にねじ曲げていかず、文化の落差としてそのまま我が身にひきうけることができれば、日本がまだ持ちつづけている文化的な鎖国の状態が、すこしずつではあっても、崩れていくのだ、とぼくは考えたい。

スポーツや野外活動などに関するアメリカの本格的な道具や服をぼくたちが買って手に入れるとき、その行為が単なるお買いものにとどまってもとどまらなくても、いまの日本に文化的な危機が大きくおおいかぶさっている事実をぼくたちは知る必要がある。

本物が自分の国にないから、よそから買ってくるのだ。本物を自分たちの手でつくり出せずにいるから、たとえばアメリカから、お買いものしてくるのだ。

自分たちのほんとうの文化がない、あるいはつくり出せていないという、アイデンティティの危機が、とっくの昔から、ぼくたちにおとずれている。

これまで、商品をつくって売り出す側に対して、アタマもカラダも、つまり自分の主体性のいっさいを、ゆずり渡しすぎた。

本物の道具を見つけ、その道具を使ってなにかおこなうことによって、ぼくたちは、侵食されつくしたアタマとカラダとを、取りかえしていこうとしている。


こんなわかりきった当然のことを、なぜいまぼくは書かなくてはいけないのだろう。アメリカの道具や作業衣の讃美のためでは、けっしてない。ぼくたち自身のために書くのだ。してみると、こんな当然なことを確認しなおさなくてはならないほど、いまのぼくたちは救いがたい状態にあるのだろうか。きっとそうにちがいない。

自分のアタマとカラダを自分で使って、お手本のコピーではないなにごとかをおこなうのは、生きるよろこびのもっとも重要な一部分だ。

このよろこびを、本格的な道具という、人間と自然の接点を足場に、ぼくたちは取りかえそうとしている。いままでは、そのよろこびが、他人にうばわれていたのだ。

そして、そのよろこびは、日々の生活というものの確たる立脚点をさがす行為につながってくる。大都会のなかで道具マニアになっても、よろこびは薄い。日々の生活が本格的な道具と分かちがたく結びついている状態はすなわち生産の現場に生きる状態なのだが、こういう現場に生きることは、もはや特殊例になってしまっている。

自分のいまの生活とはいったいどういうことなのか、妥協やごまかしやウソのない本物の道具が、静かに語ってくれているようだ。

旅さきの小さな町で二人はリンゴを食べた

1　コダック・インスタマチックの町

ロード・マップをひろげると、かつてとおったさまざまな道路が、濃いグリーンやピンク、赤、ブルーなどに印刷され、曲がりくねって、あるいはまっすぐに、いつまでもそこにある。

ああ、この道路は、グレイハウンドの長距離バスで走った道路だ。あのバスは、アルミとプラスチックの箱だった。疾走し、ひた走る箱だった。

その箱には、ガラスの四角い窓があった。うっすらと色のついたガラスだ。外の光景は、いつ見ても、窓ガラスの大きさの四角に切りとられていて、しかも色がついていた。

リクライニングのシートにふてくされて体をくずすようにすわり、色つき窓ガラスの下のほうの、色のついていないところから外をながめていた。青空の切れはじや電柱、教会の尖塔のてっぺん、遠い紫色の山なみのはじっこなどが、いつもぼんやりと見えていた。

その道路を、いまロード・マップのうえでたどりなおしてみると、バスでひた走った距離のあいだに、じつはいくつもの小さな町があったことに、いまさらながらおどろく。

バスは、その数多い町の大半を、ただうなりをあげ、ジュラルミンのボディを西陽にきらめかせつつ、走り抜けてしまった。

こんどは、その町のひとつひとつに立ち寄ってみよう。人口が三〇〇名というような町なら、全員に逢えてしまう。全員と仲良く口をきき、なにかをいっしょに食べ、共に笑い、気がむいたらコダック・インスタマチックで写真を撮ってあげるんだ。

次の町で現像と焼付をしてもらう。できあがってきた写真は、白いふちの外側がギザギザになっていて、うっすらと乳白色のモヤがかかったような色調だ。

さらに次の町のドラグストアで封筒を買い、ドラグストアの軽食カウンターでなにかを飲み、なにかを食べながら、人口三〇〇名の町の所在地を白い四角な封筒のおもてに書き、なかに写真を入れ、送ってあげる。

そこもまた小さな町だ。ドラグストアのカウンターの人と仲良くなり、いろんな話をする。

郵便局まで歩いていくと、もうしまっている。一台だけある切手の自動販売機で切手を買い、夕方のひとけのない道路に立ち、切手をなめて封筒に貼る。アメリカの切手の裏に塗ってあるノリは濃いなあと、ふと思ったりする。

2 風景のなかにむき出しでほうり出されて

ロード・マップに印刷された道路をぼんやりとながめているだけで、地図にはない旅が、こんなふうに次から次へとわき出してくる。

高速の長距離バスで走りぬけてしまうなんて、ほんとによくない。どうしてもバスをつかうなら、町へ着くたびに降りて、走り去るバスの尻を、なんのあてもなく見送ることだ。

しかし、あの四角なガラス窓には、まいってしまう。いつも外の景色がテレビのように退屈で、意味もなく薄味なものに見えるから。

外界とは遮断されたバスの内部から窓ガラスごしに見る光景は、まさにテレビの画面だ。バスの外に降り立つと、外界が自分をのみこみ、じわあっと時間をかけて、自分はその生きた外界の一部となっていく。あらゆるものがようやくテレビではなくなり、実体のあるものとして自分と有機的に触れあいはじめる。この関係は、バスのなかに乗りこみ走りはじめると、そのつど、断ち切られる。

自分が旅をしているスペースと自分とが、常に直接的に触れあったままでいられるような、開かれた旅のしかたはないものだろうか。窓ガラスごしに退屈な外をながめつづけるというような、閉ざされた旅ではない旅は。

オートバイの旅には、満足がいく。オートバイで走るとき、自分は風景のなかにむき出しのままほうり出されている。自分をとりまく箱がないから、なんといったって開放感がすごく充実している。視線の位置もいいし、足は、のばせば大地につく。

どこでどれだけとまっていようと、自由だ。旅をしていく空間、そしてそのなかにあるさまざまな人やものと接触するチャンスがとても多くなるから、さきへ進むスピードは落ちる。

これは、いいことなのだ。最低制限速度のあるような道路を、箱のなかにとじこもって突っ走るのは、あまりいいことではない。たとえば自分が運転する自動車だってそうだ。

正面のガラスが、テレビの画面に見えてくる。すぐわきの、ドアの窓も、またべつのテレビだ。七〇時間ちかくぶっとおしで走ったときには、車内にコークやスプライトのカン、紙コップ、ロード・マップの不必要な部分、ティシューなどがむちゃくちゃに散乱し、うしろの席ではハワード・ジョンソンのチェーン店のハンバーガーの食べのこしがくさっていた。その車内のこと、ガス・ステーションのこと、そして、今日はどこまで走り、いつ運転を交代するかに関して相棒と険悪に怒鳴りあったことしか記憶にない、異常な体験だった。

ガス・ステーションに入るたびに、ロード・マップからこれから走る部分をひき裂き、粘着テープでダッシュボードに貼りつけた。目的地についたときには、ダッシュボードに地図を貼りつけたまま、中古車屋にその車を売り払ってしまった。あの地図は、誰かの手によってなんの感慨もなくはがされ、丸められ、すてられたにちがいない。

3　きみも旅なのかい、ぼくも旅なんだ

オートバイで旅をしていた男は、ほんとうに、旅そのものだった。

その男と逢ったあの町は、なんという町だったろう。夜どおし車でハイウェイを走り、その夜のあいだじゅう、雨が降っていた。夜明けと共に雨はあがり、きれいによく晴れた日となった。

朝のまだ早い時間に、その町に入ってきた。雨に洗われた緑の樹のむこうに赤く塗った家があり、ガウンを着た主婦がドアを開けて牛乳をとりに出てきていた。走っていくぼくの車のほうに、彼女はちらっと顔をむけた。

町に入っていくと、町のまんなかのすこし手前で、道路はふたつに分かれた。その分かれ目のところが三角形の緑地帯のようになっていて、誰かの像が、大理石の台のうえに立っていた。

その台にもたれて、男がひとり、すわっていた。昇ってくる朝の陽をまともに顔に浴びつつ、男は、両ひざのうえに乗せたポータブル・タイプライターのキーを、無心に叩いていた。

緑地帯に寄せて、彼のオートバイがとめてあった。よく走りこんだ、いかにも頼りになりそうなBMWの重量車だった。うしろには荷物が高くつんであった。ながい旅を、一歩一歩、確実に踏みしめて旅している数々の具体的な証拠が、そのオートバイの持つぜんたい的なとてもいい雰囲気となって、

にじみ出ていた。

その男には、充分に興味をひかれた。乗っていた自動車を、まだ人のいないガス・ステーションの片隅にとめ、ダッシュボードのうえに転がしてあったリンゴをふたつ持ち、その男がいるところまでひきかえしていった。

近づくと、男は顔をあげ、さきに声をかけてよこした。

「ハロー。きみも旅なのかい、ぼくも旅なんだ。逢えてうれしいよ」

さしのべてよこす彼の手にぼくも手をのばし、握手がかわされる。

「リンゴだよ」

と、ぼくは言ったと思う。

小ぶりだけれども、固く実の張った、気持の良いリンゴだった。

「ひとつあげよう」

男の顔が、ぱっと輝き、

「これは、いい！　なんという素晴らしい朝食だろう」

と、叫ぶように言った。

両ひざに乗せていたタイプライターをそっと地面におろし、男はリンゴを持って立ちあがった。

緑地帯のなかに入った男は、芝生のうえにリンゴを転がした。

昨夜の雨や朝つゆで、芝生はまだ濡れていた。赤いリンゴは緑色の芝生になかば埋まって転がり、濡れて朝の陽をうけ、とてもきれいに光った。

男はその濡れたリンゴをひろいあげ、両手でもむようにして洗い、ジーンズにこすりつけてふき、かぶりついた。

ぼくはうれしかった。リンゴの、こんなふうな洗い方があるのを知っただけでも、この旅に出たかいはあった、とぼくは確信した。

ぼくたちは、そこに立ってあたりをながめつつ、リンゴを食べた。

ロード・マップに、いまでもこの町が、ぽつんと、小さな点で印刷されている。その点をじっと見つめていると、あのさわやかな朝のリンゴの歯ごたえや味が、よみがえってくるようなこないような、不思議な気持だ。あのときの感激が、地図のなかの小さなひとつの点に、完全に凝縮されている。

オートバイにつんで持ち歩いているポータブル・タイプライターで友人に手紙を書いていたあの男は、リンゴの食べ方に関しては、まぎれもないアメリカ人だった。

アメリカ人は、リンゴを誰もがまったくおなじ食べ方で食べる。ふたつのくぼみを、片いっぽうは親指、もういっぽうは中指で押え、まんなかにかじりつき、すこしずつ回転させては秩序だてて食べていく。あらかた食べおえると、絵に描いたようなリンゴの芯が手のなかにのこる。

こんどはその芯の食べられるところをよく点検しながら、みんな食べていく。そして、最後には、どうしても食べられない部分が、ほんのすこし、のこるだけだ。

4 カーライル兄弟の森林鉄道

地図は、ほんとうに不思議な生きものだ。

どんな道路でも、一本の線になってしまう。自動車で走りながら、テレビのようにしか見えない窓の外の光景に、いらだちと退屈をひっきりなしに覚えつつ、ひんぱんにとまっては車の外に出てそのへんを歩きまわるということをくりかえしては、なんとかこなした道路。この道路も、一本の細い線となって、地図帳のなかにひっそりとかくれている。

ぼくひとりの期待と想像のこもった視線をうけることによって、生きいきと息づいている一本の線もまた、地図帳のなかだ。

その線は、現実には鉄道だ。アメリカのテネシー州の丘陵山間地にある、みじかい鉄道。ジェームズ・カーライルとフランク・カーライルの兄弟によって所有・運営されている鉄道で、機関車は二台しかない。山から切り出した材木を運ぶ鉄道であり、アメリカの鉄道マニアたちのあいだでは、よく知られているという。

いまのところぼくはこの鉄道を想像しているだけだ。実際に体験するまでは地図のなかの一本の線にしかすぎない。だが、その線は、生きている。

地図に描かれた日本の、いちばん外側に沿ってぐるりと走っている線も、いまのぼくにとっては生きている線のうちの一本だ。

日本の地図をながめていて、ぼくはふと思った。思ったままを、自分自身に語りかけてみた。なんだ、おまえは、日本をぐるっと一周したことすらないじゃないか。そのくらいのこと、やってみろよ。自分の国じゃないか。せめてひとまわりくらい、してやれよ。

そのとおりなんだ。日本を一周することすら、ぼくはまだおこなっていない。地図帳のなかの日本は、じつに愛らしい形をして、ぼくをじっと見つめかえしている。ぜひとも、一周しなければ。

オートバイが、ほんとうは、いちばんいい。風や雨、それに陽ざしをじかに体にうけつつ、気ままに、走りたいように走って、九州、四国、本州、北海道をひとめぐりする。外側をめぐるだけではなく、気がむいたら内部へも入りこんでいく。ぜひやろう。

自動車だと、おそろしく退屈してしまうことは、目に見えている。何回もくりかえして書いたように、ウィンドシールドごしに見える光景は、テレビだ。車のなかにいて走っているときと、車をとめて外に出たときの異和感に悩まされつつ、中途はんぱな旅をすることになるだろう。自動車の内部、という空間が、どこへいってもいつまでもつきまとい、旅のなかへ自分をほうり出すことができずに終ってしまうのだ。

オートバイでなければ、ローカルのバスや鉄道を乗りつぐ旅がいい。抽象的な地図をながめることによって具体的な旅へと触発されていくことは、ぼくの場合、あまりない。いきあたりばったりの旅をし、あとになって地図を見て、ああ、そうだったのか、と納得することが多い。だが、日本一周の旅は、いま地図をながめることを土台に、頭のなかでどんどんふくらんでいきつつある。

せっかくの一周の旅だから、見るべきものを見落とし、いくべきところへいきそこなうのはいやだ。だから情報をいまあつめているところだ。

旅への期待は、頭のなかで大きく広がっていく。大きくなりすぎてどうにもならなくなったら、そのときこそふらりと一周の旅に出るときだ。

5 ダムに沈む四千年の村

地図は不思議な生きものだと書いたけれど、自分自身の手で生きものにしていくことができないあいだは、ごく抽象的な、ほんの便宜上の略図にしかすぎない。

神奈川県山北町三保。現存する地域の名だが、市販の地図のなかにこの地域の名を見つけだすのは、むずかしい。国土地理院の五万分の一地図にも、出ていない。

ある日、ぼくは、この地域のことを知ったのだ。新聞で読んだか、週刊誌で見たかのいずれかだ。丹沢の山ふところ、足柄上郡の河内川にダムが建設され、そのダムの底に三保地区に古くからある村落が水没する、という事実を知った。

ダムの底に村が沈む話は、残念なことに、もう珍らしくもなんともなくなっている。日本でいったいどれだけの村が、ダムの底に消えただろう。

だが、水没する以前の古い村落を、ぼくはまだ一度も見たことがなかった。足柄上郡の三保という地域へぜひいって歩きまわってみよう、とぼくは思った。

地図で調べてみたら、出ていない。河内川の上流だということはわかっていたから、およその見当をつけることができた。

東京からなら、小田急で新松田までいき、御殿場線に乗りかえ、谷ケ《やが》という駅で降りる。このあたりで、河内川上流の世附までいく富士急のバスをつかまえることができると思う。世附は旧三保村のなかだ。

ぼくは北山耕平と自動車でいった。人口が六百万人をこえた神奈川県に水を供給するためのダムだから、自動車でいって帰り道には相模湾に面した都会へおりてきてくれれば、ダムの底に沈む村というものが、よりはっきりとつかめるのではないか、と直感したからだ。

大井松田で東名高速を降り、国道２４６号をいく。谷ケの手前で、丹沢の山にむかって２４６号をはなれ右折する。このあたりは、ドライバー用の全日本ロード・マップにはなにも描きこまれていない。

相模湾に流れこんでいる酒匂川。その上流である河内川に沿うようにして、二車線の道路がうねっている。

この道路は、ロード・マップに記入されている。それで見るかぎり、山と山のあいだの川に沿って山間にむかってのびている一般道路だということがわかるだけだ。実際に走って目にした風景は、地図を見ているだけでは、とうてい想像できない。

美しい風景だった。山のなかへむかう道路から見る風景は、いつだってたいてい美しい。進んでいくと、小さな村落がいくつか見えはじめる。山なみを背にして、ひっそりと静かな村が、夕方のもやの彼方にかすんでいた。

落合橋で左へ曲がりこめば、世附のほうに出る。まっすぐいけば、丹沢大山国定公園に入りこみ、中川温泉に出る。さらにいけば、丹沢のむこう、相模湖だ。

川底でおこなわれているダムの工事を見ることができた。三保の村も、見た。信じられないほどに牧歌的な吊り橋があり、水没するはずの村ではすでに移転が進んでいるのか、人の気配がない。

ダムで川の水がせきとめられたとき、その水位がどのあたりまでくるのかあたりを見まわすとすぐにわかる。まわりの山の木が、水のくるところまで、切り倒してあるのだ。

縄文時代にまでさかのぼることのできる歴史を持ったこの三保村を、ぼくは三度、おとずれた。もうダムはできているはずだ。せきとめられた水は、村をのみこんだだろうか。また、いってみよう。人工の湖が完成したとき、地図はどんなふうに描きあらためられるのか、それも確認しなければならない。

日本地図のなかの、ほんの小さな一画におこったささいな変化は、じつに四千年、五千年の昔からつづいてきた静かな村の歴史の終局ないしは大きな曲がり角であったのだ。

6　カンザスの満月の下で

ランド・マクナリーの世界地図だっただろうか。世界各国の、いわゆる地図のほかに、森林の分布とか雨量とかの地図あるいは農業地図などが、たくさんのっていた。

そのなかに、北アメリカ全土における小麦の生産地図があった。小麦地帯とか、ナショナル・ブレッド・バスケット（アメリカのパンかご）などと呼ばれている小麦畑地帯がアメリカにあることは知っていたが、それがいったいどのくらいの広さなのかは、地図を見るまで知らなかった。

色分けしてあったその小麦生産地図によると、カンザス州は州ぜんたいが小麦畑であるかのようにべったり塗りつぶされていた。オクラホマの西半分、テキサスの北部、コロラドの東のほうに三分の一、ネブラスカの南半分、南ダコタの中央部ほとんど、ワイオミングとアイダホの東部、そしてモンタナの約半分が、小麦地帯として塗り分けてあった。

カンザスとコロラドの州境に近いところで、ぼくはこの小麦を見たことがある。

春の終り、ないしは、夏のはじまりの頃だった。ほんのわずかな起伏があるだけで、ほぼまったいらな麦畑が、見わたすかぎりつづいていた。ちょうど収穫の時期だったので、小麦は黄金色となっていて、陽光をうけてきらめき、風にゆらいでいた。

道路を走っていくと、両側にその麦畑が、どこまでも広がっていた。そして、遠くに、刈り入れの作業をおこなっているコンバインが、ぽつんと、ひとつふたつ見えた。

カンザス州の片田舎の、閑散とした広場に面した雑貨屋に入ったとき、店の主人と話をした。なにかのはずみで、話題が麦畑のことになり、その主人は、おどろくべきことをぼくに教えてくれた。

「麦畑のなかでコンバインが作業してるのを見ただろう」

「ええ、見ました」

「ホイート・カッターだよ。知ってるかい」

ホイート・カッター。文字どおりに解釈すれば、麦を刈るもの、あるいは、麦を刈る人だ。コンバインは麦を刈るのだから、それがホイート・カッターであるのは当然だ。

ぼくが要領を得ないような顔をしていると、初老の店主は言葉をつづけた。

「コントラクト・ハーヴェスターなんだよ。麦畑の麦が実ると、その麦を刈り入れる作業を請け負うのさ。テキサスのまんなかからはじまって、モンタナ州とカナダの国境のところまで、ひと夏かけて麦を刈るんだ」

このときは、ふうん、となかば感心しただけだった。

だが、小麦畑地帯をさらに走るにつれて、コントラクト・ハーヴェスターと呼ばれる人たちがどのような仕事をするのか、すこしずつわかってきて、ぼくを夢中にさせていった。

フォードの大きなトラックの荷台に、マッセー＝ファーガスンの小麦コンバインをつみこんだ、コントラクト・ハーヴェスターの一団と、どこかのハイウエイで、すれちがった。

トラックは、六台くらい、つらなっていた。ワゴンやヴァンが何台か、そのあとにつづいていた。ワゴンのドアに、人の名前がきれいに書きつけてあり、その下に、コントラクト・ハーヴェスター、の文字が読めた。

コントラクト・ハーヴェスターは、小麦畑地帯の麦畑の持主たちと契約を結び、収穫作業を請負っておこなう。数台のコンバインと、それをつんで持ちはこぶおなじ台数の大型トラックを中心に、料理や睡眠用のヴァン、ワゴンなどを何台か加えて、キャラヴァンを組む。

前の年の秋にまいた小粒の赤っぽいウインター・ホイートが、まず五月のはじめにテキサスで実る。北へいくほど収穫時期がおそくなるように植えつけてあるから、テキサスからカナダまで、ひと夏かけて小麦の収穫作業だけをおこなう。コンバインを操って働くのは、ひと夏の契約で雇った青年たちだ。小麦の実りぐあい、天候、自分たちの最大作業量など、いろんな要素を考え合わせておこなう、たいへんな仕事だ。

実った小麦のうえに雨が降ると、あとでくさってしまう。雨が近いときには、何日も徹夜の突貫作業でコンバインを操り、刈りとった麦はトラックにつんで貯蔵倉庫までトンボがえりでハイウエイをひた走る。

こういう人たちのことを、ぼくは詳しく知った。カンザスの満月の下で、徹夜で働いているコンバインも見た。北アメリカの小麦生産地図を見ただけではぜったいにうかがい知れない、小麦生産の現実の、重要でたしかな一端を、ぼくは知った。文字どおり、地図にない旅だ。

7 利根川を春がさかのぼる日

地図にない旅は、その気になれば、どこにでも見つけだすことができる。地図のなかからさがし当てることだって可能だし、地図を頼りにせずに現実のなかに見つけることもできるはずだ。

ドライバー用の全日本ロード・マップのページをくっていて、利根川に興味を持ったことがある。信濃川、石狩川についで日本で三番目に大きいこの利根川は、三三〇キロほどのながさにわたって、うねうねと流れている。源流はどこなのだろうかと思って地図をよく見なおした。奥利根湖のずっと北、丹後山の東あたりが源なのだろう。

冬は、豪雪にとじこめられるにちがいない。冬が終ればやがて春が来て、雪溶けがはじまる。春が来る、というと、たとえば夜が明けてぜんたい的にいつとはなしにどこからともなく明かるくなるのとおなじように、いつのまにかぜんたいがあたたかになることを思ってしまう。春がどこから来るのか、都会ぐらしがつづくと、わからなくなる。

利根の源がある上越の山のなかへは、利根川が春をもたらすのだ。黒潮が利根川の河口に春をつれてくる。その春は利根川をさかのぼって流域ぜんたいに春を告げていく。

源流の山のなかまで春が伝わると、雪溶けがおこり、溶けた水は利根川をくだっていく。上越の山中に春いちばんの花がぽつんと咲くのを見れば、利根川をのぼって春が来るという自然の壮大なドラマを見ることにつながる。春の雪溶けの水は、秋の収穫のための水になる運命を持っている。

利根川も上越の山々も、たしかに地図に出ている。その地図からどのような旅をひっぱりだすかは、人それぞれにことなった、たいへんに大きな楽しみであるのだと、ぼくはぼく自身に何度でも告げなおしたい。

南海の楽園より

南海の楽園より

1　真珠湾をバックに『トラ・トラ・トラ』を観た夜

南海の島の、星の多い夜空にむかって、横長の四角形に、どことなく荒涼たるさびしい雰囲気をたたえて、スクリーンが建ててあった。やって来ている自動車の数は、見渡したところほぼ七分の入りだった。ぼくは、スクリーンにむかって右端の最後列に車をとめていた。車のなかには友人たちがいて、ぼくはその車の屋根のうえにあぐらをかいてすわっていた。この位置からだと、そのドライブ・イン映画場から、真珠湾がスクリーンのむこうに見えるのだった。ホノルルの、ドライブ・イン・シアターだ。

カラーの漫画短篇が二本あって、そのあとで、その夜の目玉商品の劇映画が、スクリーンに映写されはじめた。

夜のドライブ・イン劇場で野外のスクリーンに映写される映画は、奇妙に索漠としている。夜空のもとにすべてがさらけ出されているからだし、月や星のある夜は意外に明かるいせいもあるだろう。音は、各自がイアホンで聞くから、車の屋根のうえにいると、聞えない。

真珠湾の、東端の部分が、スクリーンのむこうに見えた。ドライブ・イン劇場とその真珠湾とは、位置的にはかなりの差があるのだが、夜のせいか、ほんのすこし高いところから暗い湾の海面を斜めに見ているような感じがあった。軍艦や、軍関係の施設の明かりがたくさん見えた。そして、ふりあおぐようにして顔をあげると、夜空をバックドロップに、コオラウ山塊が、漆黒のシルエットになっていた。この山塊のシルエットには、量感があった。陽光のきらめく日中に見ても、頂上に雲をとめてその影をけわしい斜面に落としつつ、ほんのわずかに悲しげな雰囲気で、ホノルルのうしろにいる。

その大作の劇映画は、巻を追うごとにストーリイが進展した。そして、やがて、待ち望んでいた決定的なシーンが、スクリーンに映し出されはじめた。

よく晴れた十二月の日曜日、真珠湾の光景がまず映り、湾の上空で飛行機操縦学校の練習機が練習生を乗せて飛んでいる情景がそれにつづいた。コオラウ山塊が、スクリーンの奥のほうに見える。スクリーンのうえで進行している光景とはべつに、現実の夜のなかにも、真珠湾のむこうの山塊が、黒黒と見えた。現実と幻とが、この瞬間から、完全に二重にかさなっていった。

スクリーンに映しだされた緑色の山と山とのあいだをすりぬけるようにして、零戦が一機、二機、三機と、きらめきながら飛んでくる。真珠湾を攻撃するために航空母艦から飛んできた日本の戦闘機だ。

この零戦をスクリーンで見たときには、一瞬、現実と幻とが、ぼくのなかでごっちゃになってしまった。スクリーンのうえのことが現実で、夜空のほうが幻に思えた。夜のなかで沈黙している山塊に、ぼくは目をむけた。そこに零戦が飛んでいないのが、その一瞬のぼくには、釈然としなかった。

野外スクリーンに映されているコオラウ山塊と、現実のコオラウ山塊とをながめるときの、ぼくを視界の中心的主体とした角度が、ほぼ一致したカットが何秒かあったのではないか。そのときそう思ったし、いまでもそう思っている。

真珠湾攻撃の現場を再現した幻と、真珠湾攻撃という事実から二十数年をへたあとの現実の真珠湾とを、ぼくは、同時に、目の前で重ねあわせて、見た。そのドライブ・イン劇場で『トラ・トラ・トラ』をその夜、観ていた人たちは、なにごともなくごく普通に、そしてどちらかといえば明らかに退屈しながら、スクリーンをながめていた。そして、ぼくは、ひとりで興奮していた。

このことがあった何日かまえに、ぼくは、ダウンタウンのアアラ・パークで、ひとりの老人に会っていた。昔は紅灯街だったリヴァー・ストリートの、その河を、エワ・サイドへ越えたすぐ右手に、小さな公園がある。その公園の、河よりの隅に、公衆便所がある。公衆便所には見えない、黒っぽい石造りの、きれいな小屋だ。明治何年だったか忘れたけれど、そのような古い昔からある、ホノルル唯一の公衆便所だということだ。

この便所の前に、おなじような感じの石で出来た、頑丈で大きな長方形のテーブルがあり、テーブルをかこんでやはり石のベンチが置いてある。

人生の第一線をとうに引きさがった、あきらかに低所得労働者層の老人たちが、多いときで一〇人ほど、このテーブルをかこんでベンチにすわり、ぽつりぽつりと世間話をしたり碁をさしたり、通行人をながめたりしている。いろんな人種の血のまざった人たちが多く、お国なまりの英語でかわされる雑談に参加すると、楽しい。

ある日系の老人がぼくに語ったところによると、その老人は、真珠湾攻撃のときホノルルのちかくに住んでいたという。隣近所にも日本人が住んでいて、その日本人のひとりが、上空を爆音と共に飛ぶ零戦に感激し、ペンキで白く塗った自分の家のトタン屋根に赤いペンキを持ってあがり、零戦にむかって手をふりながら、白い屋根に大きく、赤ペンキで日の丸を描いてみせたという。

ひょっとしてこの話は、彼地の古い日系人たちのあいだでかわされる一種のジョークなのかもしれない。だが、ぼくにとっては、鮮烈なイメージの直撃だった。この話と、それから数日後のドライブ・イン劇場での『トラ・トラ・トラ』が重なりあうと、もうぼくはぼうぜんとしてしまい、以後、そのような話題に関して見るもの聞くものすべて、そのまま自分のなかへなんの屈折もなくとりこんで積みかさねていくようになり、その積みかさねをできるだけ大きくしようと思うようになった。

来る日も来る日も、アアラ・パークで日がな一日石のベンチにすわりこんでじっとしているさびしげな老人たちは、ぼくにとっての宝物となった。

いつもぼくはそこへでかけていき、口の重い老人をひとりずつつかまえては、彼のライフ・ストーリイを具体的にできるだけこまかく、喋ってもらった。そのときのメモが、ハイスクールの作文用の分厚いノートブックに二〇冊できてしまった。なにに役立てようという目的はないのだが、ぼくの宝物であることにかわりはない。

2 「あんた、なに食う?」

ホノルルの下町の、日系人たちが主として日常的に利用する安食堂の雰囲気を言葉で描写するのはなかなかむずかしい。安食堂という言葉は、けっして悪い意味ではない。そのような場所でのそのような食堂は、「安食堂」以外ではありえないのだから、安食堂という用語はまったく正しい。

そのような食堂には、まずドアがない。気候の関係もあってのことだろうけれども、ダウンタウンにおける安食堂の機能というか、その場所をめぐる日系人たちの生活の、トータルなありかたと深くかかわってのことにちがいない。のれんがさがっていることもあるが、ない場合のほうが多い。

正面入口の戸口というものが、ドアなしで、ぶっきらぼうに長方形にあいている。その長方形は、たいていの場合、大きい。がらんとした内部への、そこ一箇所にただ入口として存在するなにか普遍的な空間なのだ。ホノルルの下町の古い建物にその食堂がある場合だと、その食堂の戸口は、分厚い感じがする。構造的に文字どおり分厚いし、頑丈であるから、感じだけではなく、ほんとうに具体的に分厚いのだ。そして、その分厚さを感じるとき、たとえばホノルルのダウンタウンの、日系人たちの安食堂という、日本の日本人からはまるで想像もつかない異質な文化の総体を、肌で感じとることになる。

その食堂でどのようなものが食事に供されているかとか、店の備品の雰囲気やたたずまい、食事をしに来る人たちの様子などに関して書いていくときりがない。それに、ここで書こうとしていることからはすこし距離のあることがらだから、これ以上には触れずにおこう。

さて、安食堂に入って席につく。ウエートレスが出てくる。ウエートレスといっても、まあ、おばさんだ。席についている人物が、人相・風体から推して土地の人間のようであるならば、そのおばさんは、すこし離れたところから、

「ホワッチュ　イート?」

と、訊いてくる。突っ立って顎をあげ気味にした彼女から、こう訊かれたとき、ハワイの日系人社会という、たとえようもなく面白くしかもほかに類のない、まったく独特な文化との触れあいがはじまっていく。

「ホワッチュ　イート?」をそのまま日本語にすると「あんた、なに食う」だろう。いかに下町の安食堂とはいえ、客として入ってこう訊かれることは、特殊なかたちでよほどのなじみにならなくては、日本ではありえない。そのありえないことが、ダウンタウン・ホノルルではありうるのだということをぼくは面白がっているのではない。

現地では、「ホワッチュ　イート?」など、面白くもなんともない日常語だ。だが、日本語には在るていねいさとか、あたりのやわらかさ、敬意の表現のしかたなどが完全に欠落したこのハワイの日

系人アメリカ語こそ、その社会の文化の心とか中核ないしは真ずいみたいなものだとぼくは考えている。そして、このぞんざいな機能主義的で簡明なひと言から、その完全に異った文化のなかに入っていけるという事実がぼくには面白いのだ。極端な言い方をするならば、その面白さは肉体的な快感ですらある。なぜならば、ダウンタウンの安食堂で「なに食う？」と訊かれること自体、かなりむずかしいからだ。

そのおばさんウエートレスに、このヒトはロコ・ボーイ（ローカル・ボーイつまり地もとのヒト）だと思ってもらえないことには、こうは訊いてもらえない。見るからに日本のヒトである客には、ウエートレスは「日本食あるよ。なに？　知らん。ないね。メニュー見なさい、英語、よう見ん？」というような調子で応対している。

この言葉づかいは、しかし、彼女のつもりとしては乱暴ではすこしもなく、内心はともかく、相手を軽蔑しているのでもなければ、すげなくしているのでもない。彼女にとってはなかば異国語である日本語で、意をつうじあっているにすぎない。

彼女たちの、そして彼女たちは多くの場合、日系二世であるが、共通の日常言語であるピジン・イングリッシュ（ハワイの人たちに独特のアメリカ語）に生のかたちで接するのは、ひとつのトータルな肉体的な行為ないしは作業だ。誰の目にも「ロコ・ボーイ」として映るようにしているためには、本物のロコ・ボーイの身のこなしや口のききよう、表情、着ているものの肌合いなどを、そっくり映し鏡にしていなければならない。それがずっと成功していて、あるときじつはロコ・ボーイではないということがばれるのだが、ばれたときのその相手の純粋な驚愕は、ぼくにとってのたしかな手がかりだ。

ぼくのピジン・イングリッシュ、ないしは「ウエント　トゥ　スクール　イン　メインラン」ふうのアメリカ語が、共に学習されたものである事実を知ったとき、ぼくの好きなダウンタウンの人たちは、なぜそんなにおどろくのか不思議なほど、びっくりする。

そのおどろきようは、自分たちの文化がいかに独特であるかの認識の無意識の表現なのだと思うし、異質な文化の隅っこから入りこんで観察や盗聴みたいなことをするには、その文化が持っているもっとも一般的な共通言語をとっかかりにするのがなにより効果的だという事実の証しでもある。

異った文化の側のヒトそのものになってしまっては、ミもフタもありはしない。できうるかぎり、こちら側とむこう側との中間にいて、時や必要に応じて相手との距離をつめたりのばしたりしているといいのだろうと思う。いけすかない行為であることにはちがいない。しかし、ぼくが真面目に興味を持っている異質な文化の首根っこをおさえるためには、まずその文化の共通言語に関してエキスパートになるという道以外にぼくは道を知らないのだ。その、いろんな意味でとても面白い文化ないしは言語も、あと一〇年もすればほとんど跡かたなく消えてしまいそうだ。

ハワイの日系アメリカ人たちのうち、ぼくにとってやはりいちばん興味ぶかいのは、二世だ。二世というと、年齢的には、三十代の後半ないしは四十歳ちかくから、七十歳以上の人たちまでがふくまれる。一世は日本にちかすぎるし、三世は、完全にアメリカ人だから、やはりぼくの対象からはずれてくる。

3　貝がら売りの泣きむし男

昔、プロペラ機で飛行場に着陸すると、すぐに、機内に、ハワイの香りをいっぱいにはらんだ空気が、流れこんできたものだった。スチュワデスのアナウンスメントの最後につける「アローハ」のひと言も、雰囲気や抑揚が、本物のハワイ語だった。だが、いまではもう、そうではない。

タラップから飛行場に降りると、もうそこは、ほんとうにハワイだった。正面の山のほうに見える空港の建物にALOHAとあり、ひょろ高い椰子の樹が何本も立っていた。いまごろの季節の午後に着くと、吹く風は明らかに秋のものだった。機上からみた、トリプラー・メモリアル・ホスピタルに、西日があたっていたっけ。島の奥のほうは、雨が降っているのだろう、雲の下で暗かった。

風に吹かれ、歩いていく。風の吹き方が、まったくちがうのだ。重く、厚く、力強く、そして、圧倒的な香りをはらんで、ぶわあっと吹いてきた。

検疫とか税関とかは、木造板張りの、平屋建てだった。階段をのぼるときの、靴をとおして足の裏にフィードバックされる感覚は、あからさまに南国だった。遠くへ来てしまったなあと、しみじみ思った人は多いにちがいない。

エア・コンディションというものがまだ使用されてなかったと思う。天井に、緑色に塗った大きな扇風機の翼が、ゆっくりと回転していた。がらんと大きな部屋が税関だった。エア・コンディションは、あったのかもしれない。大きな部屋だから、熱気がこもって動かず、むっと暑かったのだろうか。税関を出ると、地元のひまな人たちが、たくさん集まって来ていた。出てくる人を、珍らしそうに、静かな目で、ながめていた。いまは、ジャンボで飛行場に降りると、巨大な空港の建物からのびてくる蛇腹のような通路をとおり、どこの国だかさっぱりわからない建物のなかに入る。いくつかの定石的な手続きをすませて建物の外に出るとすぐにバスに乗り、ワイキキのホテルまで、走っていく。

落着くホテルは、モアナとか、プリンセス・カイウラニが、とても多いのだ。たとえばモアナに入り、荷物を置いてシャワーを浴び、着替えをして外に出てくる。新婚のカップルなら、モアナのまえのカラカウア・アヴェニューに出てきて、さて、左へいこうか、右へいこうかということになる。右へいけば、すぐに、クヒオ・ビーチ・パークだ。いわゆるワイキキの浜の、ダイアモンド・ヘッド寄りの端だ。砂浜にいる人たちや、陽のさしぐあい、風の吹きよう、海のありさまなどをながめているうちに、うーん、ここはひょっとしたらハワイかな、という感じに、やっとなってくるのではないだろうか。クヒオ・ビーチ・パーク、と書いた看板とか、貸しサーフボートの林立しているところなどをバックに、高級一眼レフでさっそく記念の一枚を撮る。

この島の、ほぼ中央に、ハワイ・ホウルアースというブック・ショップがあるのだ。ヒッピーふうの放浪の人たちのコンミューンが、ごく大まかなかたちで出来ていて、その人たちのためのインフォメーション・センターみたいになっている、楽しい本屋さんだ。ここにいる友人たちと、ワイキキに出てきて冗談を言いあって笑ったことがある。クヒオ・ビーチから西のほうを見ると、三日月のかたちにワイキキ・ビーチが見える。絵葉書的なアングルでワイキキ・ビーチをこの地点から誰にでもおなじように撮れるよう、カメラを乗せる台をつくって砂浜にがっちりと立てたらいいにちがいない、と、ぼくたちは思ったのだ。鉄製のモノコックにし、レンズをむける方向を、カメラを乗せる台に矢印で浮き彫りにするのだ。ここにカメラを乗せ、矢印の方向にレンズを向け、シャッターを押せば、たとえば固定ピントのインスタマチックなどでは、じつに都合よく、ワイキキ・ビーチの記念写真が撮れるはずだ。観光名所にはすべてこのような台を立て、観光ルートにしたがって順番にナンバーをつけておくと、なおさら便利だ。冗談にとどめておかず、きちんと企画書をつくって観光局に売りこみにいこうか、などとぼくたちは言っていた。

ハワイ・ホウルアースの友人たちには、いろんな奇妙な人物がいた。クリストファという、ぼくとおなじくらいの年齢の男は、海でひろってきた貝がらや、サンゴのようなものを、観光客に売っていた。その売り方が、面白かった。観光客なんか、めったにやって来ないような、田舎の片隅の海岸のさらに隅っこのほうに、古い黒塗りのセダンをとめ、フードのうえに白い毛布をひろげ、そのうえに、ほんとうにどうでもいいような貝がらを、無造作にころがしておく。値段を書きつけた小さな紙が、貝がらの下に、それぞれ、敷いてあった。クリストファ自身は、そのセダンの運転席にじっとすわり、正面を見つめていた。人の姿なんて、めったに見えない。小雨がさっときてはあがり、そのたびに虹ができるのを、ながめていたのだろうか。

たまたまその海岸へ出てきたぼくは、フードのうえの毛布にひろげてある貝がらをよくながめた。結構な値段がついている。

「売れるのかい」

と、ぼくがきくと、彼は、ちらとぼくを見上げ、再び視線を正面にかえした。そして、しくしくと泣きはじめた。こういう不思議な人たちには、なんのまえぶれもなく、いきなりしくしくと泣き出す人が多い。どうしたのだい、とも言いかねて、ぼくは、じっとしていた。三分か四分しくしくと泣いてから、彼は、

「おまえは、買いもしないのに、そんなことをきく」

と、言った。


数日後に、クリストファは、どこかへいってしまった。お昼まえから人のいない海岸へきて、車のフードに貝がらをならべ、じっとしている。夕方になると、毛布のなかにひとつずつくるみこむように貝がらを包み、助手席に乗せて帰っていく。売ることが目的ではない、ということが彼の目的だったのかもしれない。ハワイ・ホウルアースの店さきに伝言や情報が押しピンでたくさんとめてあるなかに、「貝がら売ります」という、クリストファのカードが古ぼけて色あせていた。

4　ダ・カインとは、どんなもの？

昔話を。

単なる昔話、としてではなく。

ハワイでのお買物ならなんでもここで間にあいますという、ホノルルのアラモアナ・ショッピング・センターのあたりは、ほんのちょっと昔までは、いちめんの沼地だった。池があり、アヒルがたくさんいた。中国系の人たちが、その泥のなかに、いろんなものをつくっていた。

いまでは、とてもそんなことは想像できないたたずまいになっている。アラモアナ・パークだって、往時をしのぶよすがというわけにはいかない。

画廊とか美術館みたいなところへ、いつも足まめにでかけていき、こまかく絵を観てまわっていると、時として、「アラ・モアナの農夫」というような題の絵にでっくわす。

その絵が、たいへんにうまかったりすると、感激してじっくりながめてしまう。絵のなかに描かれた「かつて」のなかに入りこんでいけるような気がしてくる。油絵具でとらえられた空とか沼池、草の葉が日の光りを受けて輝いている具合いなどが、絵のなかでさえ、おたがいにみごとなバランスを保っている。実際にはどんなだったのだろうかと熱意をこめて思うときにしか、「かつて」が目の前に存在しないのは、まったくみじめをきわめている。

アラ・モアナからワイキキのほうに歩いていくことができる。すぐにカラカウア通りを歩くことになる。

このカラカウア・アヴェニューは、ダイアモンド・ヘッドのほうにむけてワイキキをぬけているため、観光のための銀座通りみたいになっている。

昔は、観光シーズンのさなかでも、閑散としている、ものさびしい道だった。日が落ちると薄暗くなった。サイミンの屋台が出ていたし、移動青果店ともいうべき店も出ていた。古い小型のトラックのような自動車を改造し、フルーツ・スタンドふうにした店だ。

その店のまえを、たまに人がとおった。そして、その人は、かならずその店のまえで足をとめ、店主の日系二世の初老の男と世間話をした。なにも買わなくても、店主はマンゴーの皮をむいて切ってくれ、「食べなさい」と言った。

陽が大きくかたむいてから落ちきるまでの時間がながく、その時間のなかで、あらゆるものが、自分にいちばんふさわしいたたずまいを静かに確認しているようだった。

四車線の道路は、もちろん、ダイアモンド・ヘッドのほうとエワ・サイドと、ふたつの方向にいけたのだ。しかし、いまでは一方通行になってしまい、ちかい将来には、モールにするのだという計画が、現実性をたずさえて、登場している。ああ、カラカウア・アヴェニューを、ただ歩くということが、もうできなくなってしまうのだね。ショッピングのためだけにしか歩けないのだね。

インタナショナル・マーケット・プレースの側の、マーケットから三、四軒ほど映画館のほうへいったところに、郵便局があった。薄暗い、がらんとした郵便局だった。ドアなんかなくて、夜でも開けっぱなしになっていた。どこからか歩いてきた、東洋系の顔をした女のこが、ひたひたと裸足で入っていくのにいちばん適した郵便局だった。これが、いつのまにか、なくなってしまった。それに、あのマーケット・プレースには、陽がささない。まわりに高い建物ができたからだ。

昔話というノスタルジア・ゲームは、現在の自分のありかたに思いをいたらしめるきっかけみたいなものであるとき、ある種の力を持ちうる。

昔の風の吹き方と陽のさし方だけを六感の記憶のなかにとどめて、新しくて普遍的であるようなもの、たとえば高層ビルのようなものは忘れてしまうことにしよう。

それといれちがいによみがえってくるものはというと……。何軒かのみやげ物屋に「由緒正しいハワイの絵葉書」というやつが売られはじめている。大昔の絵葉書的なモノクロームの写真を絵葉書にしたものだ。健康そうに肥り、目の光ったハワイ女性が腰みのをつけてささやかなポーズのうちにひとりで立っている、というような写真。「ダ・カイン・ピッチャ」と、マーカーで説明をそえている店もあったな。ダ・カイン・ピッチャだって? ダ・カインとは、THAT KIND（そういうふうな）という言葉のピジンふうな言い方だ。「ダ」は「ダッ」という感じにすこし音がつまるのだ。

ほんとうの「ダ・カイン」は、いまどこにあるのだろうか。いや、そうではない。自分はいったいどうあるのか、ということなのだが、それはすこしむずかしいので、「かつて」を未来としてSFのように追い求め、ながめるだけになってしまうのかな。

「ウインドワード・オアフ」という古い言葉がある。裏オアフ、と訳されている。「裏」は「表」と対置される言葉にしかすぎないのだが、「ウインドワード」には、実感がある。風が吹き、山の頂きには雨雲がとまり、雨が降り、ばか大きな樹が生えて葉がしげり、赤さびの古いピックアップ・トラックが走っていく。運転している男は、その自動車の赤さびとおなじような陽やけとしわとを持っている。ウインドワード・オアフ。ウイルソン・トンネルの、いつとおっても雨が降っているか雨がさっきあがったばかりのような雰囲気の入口に、胸がときめく。昔話を忘れるためには、昔話の現場のなかへ……で、いいのかな。

5 「チャイチャイブー」なんて、すごいじゃないか

ハワイに対するぼくの側からの熱意や興味は、たいへんにトータルなものでありつづける。あのような興味深い場所ないしは文化に対して、部分的にしか興味を持たないということは、すくなくともぼくの場合、ありえない。

そのトータルな興味のなかで、比較的に小さな部分を構成しているのは、ピジン・イングリッシュないしはハワイでの日系人社会における共通の言語に対する興味だ。ハワイ日系人社会という類まれな文化の首根っこをまずおさえるためには、その文化への重要な出入口のひとつである言語を手のなかにつかむことがぜひとも必要だ、とぼくは以前に書いた。たしかにそのとおりだが、しかし、ピジン・イングリッシュという言語そのものが文化の総体であるわけでは決っしてない。言語は、その文化の、もっとも深い部分をぼんやりと指さしてくれているにすぎないような気がする。したがって、ハワイ日系人社会が持っている(持っていた、と過去形で書いたほうが、より正確だろう)共通の言語への興味は、ハワイに対するトータルで大きな興味のうちの、小さな一部分になるわけだ。

ピジン・イングリッシュにぼくがまきこまれていくための、ぼくにとっての決定的なきっかけは、ピジン・イングリッシュによる、ほんのささいな、ただのひと言だった。

そのひと言は、チャイチャイブー、だ。発音のしかたは、厳密に一種類しかない。ピジン・イングリッシュの日常的な使用者たちの耳に抵抗なく受け入れられる発音というものが厳格に存在する。音のつまり方、のばし方、抑揚のつけ方、口のなかでの音のこもり方など、単語別にと言ってもさしつかえないほどに、きちんときまっている。その、きまり方からすこしでもはずれた発音をするなら、それはピジン・イングリッシュの真似であり、本物ではない。

チャイチャイブーのひと言をどう発音するのか、言葉で書くのはとてもむづかしい。「秩父丸」という船の名がローマ字で書かれるとき、CHICHIBU MARU となる。MARU を略し、CHICHIBU のほうだけをチチブと読まずに、チャイチャイブーと読む。これを知らされたときのぼくが受けとめた衝撃は大きかった。チャイチャイブーのひと言を、針の先でついたような小さな小さな穴だとすると、その穴のむこうに、ハワイ日系人社会、特に二世たちの社会あるいは文化のようなものが、その瞬間、見えた、という気がしたのだ。それ以前から、彼らの独特な言語に親しみや習慣的な馴れを覚えていたせいも作用していなくはないのだが、とにかく、チャイチャイブーのひと言に、ぼくは、うわっ、これはすごい！　と思った。

日本郵船の所有する船で、船籍も日本だった秩父丸は、太平洋航路の豪華船だった。外国人の乗客が多く、彼らのうちの多くが、冗談にあるいはまじめに、ローマ字で書かれている船名をチャイチャイブーと読んでいて、それが日系人たちの耳に入っていたのだろう。日系人自らがチチブをチャイチャイブーと読みかえたとは、考えにくい。

秩父がチチブと読まれているあいだは、その発音がいかにアメリカ語的であろうとなんであろうと、チチブは日本語である。だが、いったんチャイチャイブーと読まれたら、そのとたんに、それはアメリカ語となる。そのアメリカ語を、かつての二世たちは、おそらく冗談半分なのだろうけれど逆に借用し、自分たちの言葉の一部分にしたのだ。そして、それは、とても重要な一部分だった。なぜなら、日系ハワイ二世たちにとっての共通の言語がいくつか持っている特徴のなかで、もっとも重要な特徴は、アメリカ語から借用されて用いられている単語あるいは句であるとぼくは見当をつけているからだ。

話の順序としてまず秩父丸についてすこし書き、それから、二世たちの共通言語にふれていくことにしよう。およそ一七、五〇〇トンの秩父丸にぼくは乗ったことがない。この船に乗って横浜からハワイまでいくということがどういうことなのかをおぼろげながらでも知るには、体験者から話を聞くか、書き残された記録を読むか、あるいは、近似の体験をしなければならない。太平洋の船旅、というものを具体的にしかも順を追って知るには、近似の体験をするのがいちばんいい。だが、昔の秩父丸による太平洋の航海を知るには、話を聞くか記録を読むかのふたつしか方法はない。昔とまったくおなじ体験はもうどうやったって出来ないのだという事実もまた、ハワイにかかわる魅力のひとつになってくる。

昭和十年(一九三五年)に出版された『アメリカ百日記』という本が手もとにある。天理教の中山正善氏がニューヨークでおこなわれた「世界信仰友愛会」に招待されてアメリカを旅したときの様子や印象、感想などを素直に書き記した本だ。この本に、横浜からハワイまでの秩父丸による航海のもようが書いてある。秩父丸にとっては第十九回目のハワイ航路であったという。

一九三五年には、日本からハワイへの移民はもう完全に禁止されていた。ハワイではアメリカ白人の側からなされる排日運動がひときわ高くなっていたころだ。近親者とか妻子、夫の呼び寄せなども禁止されていたから、このころに秩父丸のような船で日本とハワイとのあいだを往き来できたのは、旅行者あるいはすでにアメリカ国籍のある二世たちだけだった。一種の風来坊のように、日本とハワイないしはアメリカ大陸のあいだを船で往きつもどりつしていた二世たちが当時はいた。現実には風来坊ではなく、それなりに切実な理由をたずさえて往き来していたのだろうが、秩父丸のデッキでCHICHIBU MARU とローマ字で書かれた救命ブイを足もとに置き、日陽けした顔にカンカン帽をかむり白いスーツ姿で記念写真におさまった二世の姿は、なんとも言えない。このような人たちもいまは老人だ。またとなく愉快でもの悲しい彼らが消滅してしまったのは、惜しい。記念写真は船のうえで現像焼付けがおこなわれるから、同船の人たちと共に写真におさまれば、その人の署名まで記念にもらえる。意外な人たちと同船することが多かったようだ。

『アメリカ百日記』の著者、中山正善氏について、ぼくは多くを知らない。横浜から船出するにあたっては、二輛連結の貸切り列車で大和からのぼってきたというから、それにふさわしい重要な人物だったのにちがいない。横浜埠頭につめかけた見送り人のスナップ写真が掲載してある。このような写真には、ぼくはなじみがある。埠頭に見送りにやってきた人たちのための場所は、一階と二階の二段になっている。簡単な手すりがついている。撮影する人のカメラの位置のせいか、その二段になった場所は船のほうにむかって傾斜しているようで、ぎっしりとつまっている人たちはいまにも海へころげ落ちるのではないかと思われる。ほとんどの人たちが、カンカン帽をかむるかあるいは小旗を持っている。見送り人の数はとても多い。太平洋航路の豪華船には、さまざまな要職にある人物が乗りこんだ。そのひとりにつき二〇〇名の見送り人があったとして、要人が五名で見送り人は千名になる。そして、当時は、数多くの人たちが要人の船出を見送った。

『アメリカ百日記』のような記録のなかに残された、秩父丸によるハワイ航路についての記述に、なんらかの問題があるとすれば、それは、記述する当人が一等船客であることだ。風来坊二世は時として二等や一等をはずむことがあったかもしれないけれど、たいていの場合は、三等船客だった。一等船客であった人の記述のなかに三等で旅をするありさまが記述されることはまずない。

航海中の自分の部屋である船室は、中山正善氏の場合、左舷後部の一八六号室だった。

「あまり広くはない。天井も低い。入口の両側に寝台があるが、せまいので落ちそうになる。中央正面には鏡台」があるこの部屋は、見送りの人たちが持ちこんでくれた盆栽や百合、金魚の泳いでいる金魚ばちなどで「植物園のように」なったという。昭和十年、太平洋航路をアメリカにむかう要人に人々は盆栽を贈ったりしたのだ！

「サルンや喫茶室で見送りの人々と挨拶をかわす。また、甲板に出ては、いろいろと写真を撮られる……正三時、秩父丸は一声ボーと吠えた。出帆の合図だ。と同時に、その巨体は音もなく陸地をはなれた。曳船に曳かれて岸壁と並行に海のほうへと動き出したのだ。万歳！　と、岸壁の人々は叫んだ」

やがて曳船は曳綱をはなし、秩父丸は自力で航行をはじめる。一本だけの煙突からは、意外に色の淡い煙りが、うっすらと吐き出されている。機関の音が「太鼓のような音」に聞える。その音は、のんきな音だ。

横浜を出てしばらくすると、食堂にあつまって最初のお茶を飲み、このあいだに乗組員たちは密航者を船内くまなくさがしてまわる、というようなことがおこなわれていた船もあったらしい。秩父丸でもおこなわれたのだろうか。

「船内では部屋ボーイが洋服からその他、万事の世話をやいてくれる」という。そのボーイは、客のトランクから洋服をとりだしてクロゼットのなかに吊ったりする。このトランクは、スティーマー・トランク(船旅用のトランク)といって、なにも入っていなくてもずしりと重くて大きい、頑丈をきわめたトランクだ。寄港地やホテル、旅館のスティッカーを隅のほうから貼っていく。

「部屋の天井には通風孔が三つある。常に涼しい空気を吹出している。これで部屋の温度が調節されているのだ。風呂は六時すぎに風呂ボーイが案内にくる。塩水である。石けんをなすりつけ、真水のシャワーで洗い落とすのだ」

船上での一夜が明けて、昭和十年六月十六日。とてもむし暑く、シャツは汗を流したという。「一面に暗雲低迷して視野ひらけず。しかし海上はおだやかである。船は自信ありげにそのなかを航している。いずれを指しているのか日蔭なきため素人にはわからない」曇った日には、海の塩をはらんだ空気がたちこめる。デッキに出ると眼鏡がすぐにすりガラスのようになってしまうし、洋服も塩を吸いこむ。何日かたって、熱い陽に照らされたりすると、白く塩をふいてくる。

船内での生活は、やはり単調にならざるをえない。体育室、プール、各種の室内遊戯、デッキ・ゴルフなどで退屈をまぎらわすことができるのだが、とにかく、一日一日、食べることと体を軽く動かして運動することのくりかえしなのだ。

朝の七時半にボーイが紅茶と果物とを船室へ持ってきてくれる。八時半には食堂で朝食だ。四人でひとつのテーブルにつく。約一時間。マナーなどはきちんとしていなければならないので、「気のはる食事ではあるが、内地よりうまい」

十二時半に昼食。このあと音楽が演奏される。秩父丸オーケストラという楽団が専属で乗りこんでいて、「ミュージカル・プログラム」というものを配布したうえで、五曲ほど演奏する。夕食のときにも演奏がある。シャルル・グノーの『アヴェ・マリア』、ドリゴのセレナーデ、ハンガリア舞踏曲、タンゴ曲、そして『酒は涙かため息か』がフォックス・トロットで演奏される。

午後の六時に入浴。七時に食堂で夕食。食べることと体を動かすことのくりかえしだ。体を動かすといっても、プロムナード・デッキを何度も歩きまわる、というようなことだ。秩父丸の場合、プロムナード・デッキの一周は六六〇フィートだ。人々は競うようにしてこのデッキを歩きまわるのだ。

「日本船であれば万事日本流であろうと思っていたのは見事に裏切られた。日本人が多く日本語が主要なる用語であり、かつ日本文の電報が打てる以外は、すべて洋風である。通貨までが円ではなくドルになっている点は想像以外のことだった。ネクタイも結ばずに食堂へ出ることは看過されているのに、和服の着流しがよろこばれぬようなのも変ではなかろうか。ただ、娯楽室のとなりに日本座敷が一室あったが、やはり横文字で THE ZASHIKI と書いてあったように記憶する」

船内のあまりの洋風に『アメリカ百日記』の著者はおどろく。だが、船内で洋風を勉強しておけばあとになって赤毛布ぶりを演じることもすくないだろうと考え、三日目から夕食にタキシードを着用しはじめる。船内の洋風に加えて、食事の豪華さも、おどろきのひとつだ。そして、これしきのことにおどろいていてはアメリカへいってから日本の体面を汚すことになる、と教えられる。

航海が三日、四日とかさなっていくと、「食堂の皆出席」ということが、船客たちのあいだで問題になってくる。船酔いにおちいる人が出てきて、いったん酔ってしまうと食事どころではなくなるからだ。海がしけてくると、船酔いはさらに多くなる。しけの日の朝は、食卓をかこむ人の数がすくない。食べる皿数も減る。「卓につかまり、欄干をつたいながら、甲板へと」出ていく。「甲板の椅子に長くなって朝風に吹かれながら、うつらうつらとする……眼鏡にあたる潮と、白波のうえに吹き散る水滴との以外にはなんら風の速さと強さとを肉眼に感ぜしむるものがない……二等船室の窓ガラスが水に叩き破られたという話を夕方に聞いた」

二等船室ともなると、窓ガラスを叩き割るだけの力を持った波が当たるようなところに窓があるのだ。そして、三等船室では、通風口から海水がもろに飛びこんでくることがある。

船が日付変更線を通過するときには、パーティがおこなわれる。六月十五日に横浜を出て、六月二十日がその日だった。ハワイにむかうときには、二十日が二日かさなる。このときの秩父丸では、甲板でスキヤキ・パーティがおこなわれた。

甲板といっても吹きさらしではなく、天井もあれば周囲の壁もあるところだ。紅白の垂れ幕とおぼしきものを壁にめぐらせ、甲板に畳を持ち出し、岐阜提灯を吊して、おこなわれた。畳は、ほんとうに畳なのだ。甲板いっぱいに敷きつめるわけではないが、畳をいくつかつなげて敷いたうえに、それぞれ数人ずつのグループを組んですわる。このときだけは和服のほうがむしろよく、「ハッピや羽織や浴衣を着用におよんだ奇妙な姿がたくさんでき、百鬼夜行を思わす風情、たがいに座を乱して酒杯を交換」するということになる。

スキヤキのあとは花火大会。日本人の目には、貧弱な花火なのだが、洋上で見るとまんざらでもなく、「西洋婦人が一発ごとに発する変な讃辞も、もっともなり」という気持になってくる。二世たちが、身のこなしもあるいはものの考え方もいつとはなしにアメリカふうになっていくプロセスのなかには、こんなふうに具体的でこまかな場面ごとに、西洋ふうももっともなりと納得していく作業が無数につらなっていたのではないだろうか。花火につづいて、食堂で講演会があった。同船者のなかに、イタリーへいくという藤原義江、ハワイ大学へ講義しにいく柳宗悦がいたので、『アメリカ百日記』の著者を加えて三人が、三十分ずつの話をした。

どんな日本人が同船しているのかは、日本人だけの茶話会がおこなわれたときに確認できた。珍らしいほどに日本人が多く、いろんな人がいたという。どのような人たちかというと――。海外の支店をまわって世界情勢を知るために渡航する三菱商事の重役。バンクーバー領事一家。海軍大佐。コロムビア大学の講師。外務省の留学海外研究生。青年外交官。西本願寺の北米開教総長。大蔵事務官。ボストンに留学する海軍少佐。商用のためにドイツへいく人。新聞連合の人。大観社の人。森村ブラザーズの人。ざっとこんなふうなのだ。二度目の二十日にはボーイたちの芝居がおこなわれた。運動会もあった。一等船客が出資して景品を買い、デッキ・ゴルフ、テニスなど、いろんな種目のある運動会だ。

こまかく書けばきりがないのだろうけれど秩父丸による一等船客の船旅というものは、だいたいこのようなものなのだ。そして、三等船客は、このような船上生活のいずれの局面にもあまりかかわりあわなかったのではないのかと思われる。

船内では新聞が発行されていて、一等の船室には配達されてくる。その新聞には、日々の緯度、経度、横浜からの航走距離、ホノルルまでの距離、海温、気温などが記載されている。その数字によると、気温が数度はねあがるのは、横浜を出て二十日目だ。二度目の二十日にも二度あがり、十九日と比較すると五度もあがる。海温は十九日になって五度あがり、ホノルルに着く前日には、十八日にくらべて八度の上昇だ。気温も海温も急に上昇したこのころに、潮の色が、かわるのだ。荻原井泉水が昭和十三年に『アメリカ通信』という本のなかで、次のように書いている。

「潮はほんとうに南国のブリュウである。その波にちりばめられている日の光りもすばらしく華やかだ。また、日の熱も非常に強くなったことが感じられる。船員たちも、けさから皆、白い服に着かえてしまった。日覆に、強い風がハタハタと吹きわたっている。デッキの籐椅子がよくも風に飛んでしまわないと思うくらいだ。この椅子に腰をおろして飲むアイスウォーターがうまい」

このとき荻原井泉水は大洋丸という船でホノルルにむかいつつあり、横浜を去ること二四五三マイルの地点にいた。アイスウォーターとは、水のなかに氷をうかべたものではなく、水を冷蔵庫で冷やしたものだ。ハワイの家庭では冷蔵庫にいつもこのアイスウォーターが入っていて、訪問するとまずこれを飲ませてくれる。荻原井泉水はこのアイスウォーターが「うまい」と言っているが、ほんとうに目まいがしそうなほどにうまい。

6　憧がれのハワイ航路

「チャイチャイブー」のひと言がなぜぼくにとって衝撃的であったかについて書くまえに、秩父丸に三等客として乗るとどのような感じであったかに関して、明らかにしておかなくてはならない。すべては有機的に複雑に連関している。「チャイチャイブー」をわかるためには、秩父丸に三等客として乗ってホノルル航路やサンフランシスコ航路を旅する実感がわからなければいけないのだと、なんの根拠もなく、ただ本能的にぼくは理解している。だから、一九三〇年代なかばのホノルル航路の三等船客にしつこくこだわるのだ。その船客が体験したのとおなじ体験はもうできないのだからぼくとしてはいろんな間接的なやり方でその体験をさまざまに部分的なかたちでいまひろい歩かなければならない。

ハワイから日本まで、三等の船賃は五〇数ドルから六〇ドルほどだった。アメリカ本土までの船賃とのあいだにはせいぜい数ドルの差しかなくその差のすくなさには、おどろかされた。ハワイは日本とアメリカの中間にあるけれども、横浜や神戸とサンフランシスコとのあいだの船賃のちょうど半分、というわけにはいかなかったのだ。船賃を払うほうにしてみれば、とても損をしているような感じがあった。

為替は四倍だった。つまり、一ドルを日本へ持っていって日本のおかねにかえると四円になった。片道六〇ドルの船賃は、日本円になおすと二四〇円だ。二四〇円の現金は、日本ではかなりの大金だった。盛りソバが十三銭だったし、子供が二人ほどいる年齢の街角の巡査の給料が五〇円くらいだった。片道六〇ドルの船賃は、決して安くはない。一等だと三〇〇ドルから四〇〇ドルだった。

ハワイやアメリカ本土への日本からの移民は、一九二四年の排日移民法をもっていっさい禁止されている。だから一九三〇年代のなかばに秩父丸の三等船客になってホノルル航路を旅している人といえば、商用の足代を安くあげようとしている人をのぞくと、ハワイやアメリカ本土から一時的に日本へいこうとしたりあるいは一時的に訪問した日本から再びハワイやアメリカに帰ろうとしている一種の旅人たちが多かった。すでにアメリカ国籍となっている人たちは、アメリカ合衆国のパスポートを持ち、そうでない人たちは、「一時日本訪問」というような但し書きのついたパーミットを持っていた。

アメリカ本土から日本へ一時的にかえる人たちと、ハワイから日本にむかう人たちとでは、ひと目で区別がついた。アメリカ本土からの人たちは、きちんとスーツをきてタイをしめ、靴をはき、マナーもちゃんとしているのに反して、ハワイの人たちはひどく陽にやけていてにぎやかで、ゾウリばきで船のデッキを走りまわっていた、もちろん、喋る言葉もまるっきり雰囲気がちがっていた。アメリカ本土の人たちは、まともな英語なのだが、ハワイの彼らは、ピジンまるだしだった。

あまりお金があるとも思えない彼らが日本への旅行をするにいたる動機や理由は、たとえば一九三五年版の『日米住所録』にのっているホテルの広告などを見るとその一端がわかる。「皇紀二千六百

年記念 北米母国観光団 一九四〇年戦勝国の帝都東京へ！ 観光の準備は今から！」というような文句をつらねた広告がのっている。年表をながめてみると、一九三七年から三八年にかけて、「日本軍、南京を占領」「日本軍、徐州を占領」「日本軍、広東を占領」などとあるから、「一九四〇年戦勝国」とはこういったことをさすのだろう。

武運さかんな母国へ行ってみたいとか、親類たちにおかねを持っていって一時的にしろ錦を飾ってみたいとか、小学生くらいの年齢になった我が子に日本で教育をうけさせるために母国へ連れてかえるとか、そんなふうな理由で彼らは三等船客となっていた。

太平洋航路の豪華船には、乗りこんだ客たちのあいだでのハイエラルキーが非常に明確に存在した。一等、二等、三等の区別は厳重に守られた。一等船客のための設備を三等の人たちが使うということは、ありえなかった。一等と三等の客がおたがいに交流しあってなじみになるということもなかった。三等船客の船室は、大部屋だった。位置は、吃水線のすこしうえだ。船に乗りこんだら階段をどんどんおりていかなければならない。「ここより三等客は入るべからず！」などと書きつけてある標識をいくつもみながら、数十名から百名ほど入れる大部屋にくだっていく。カンヴァスの簡易ベッドが二段につらなっていて、枕と毛布がそえてあるほかに、設備はない。簡易ベッドとは、つまり担架のようなベッドのことだ。普通の銭湯の半分ほどの大きさの共同浴場があり、海水をわかした湯だった。あがり湯は、真水を湯にしたものだ。便所も日本式だ。食事も、朝、昼、夕と三度とも、日本の田舎ふうの簡単な食事だった。みそ汁、つけもの、ごはん、煮もの、そして魚が一匹あればいいほうだ。こんなふうになにごとも日本ふうにしておけば手間もはぶけるし、おどろくほど安あがりだ。大部屋の、スペースのあいているところに木製の長いテーブルとベンチを持ち出し、そこに食事がはこばれてくる。三等船客たちは、そこで、二交代くらいで食事をした。

三等船客たちに提供される娯楽のようなものは、映画とレコードだった。映画は日本の現代ふうなメロドラマ。レコードは、当時のはやり歌だ。映画が上映されるときには、ひとりが一ドルくらいを紙につつんで持っていき、船員たちに渡していた。大部屋ごとにとりまとめて代表が手渡すこともあった。船が提供する娯楽というよりも、船員たちのアルバイトの感が強かったのではないかと思われる。これは、たしかめておかなくてはいけない。船員が三等甲板のうしろのほうで歯ブラシや手ぬぐいを売る日用雑貨の小さな売店を出すこともあった。三等客はそこで歯ブラシやツメ切りを買ったりしていた。

7　シジミ汁のシジミをかぞえよう！

三等船客のための簡素な日本食の食事には味噌汁がついていた。その味噌汁がもしシジミ汁であったなら、まず、味噌汁の大なべのなかから、シジミだけをしゃくしですくいあげて器に移した。大なべのなかにあるシジミぜんぶを、器に移すのだ。そして、シジミの数をかぞえた。大なべに入っているシジミの数を正確にかぞえたうえでそのシジミを全員の員数で割り、誰にも等しい数のシジミをふりわける。そうしたうえで、こんどは汁のほうを注ぐのだ。シジミの味噌汁は、こうして正確に分配されたうえではじめて、シジミの味噌汁になるのだった。

これは、ぼくの創作ではない。体験者から聞いた話だ。異例の話ではなく、ごく普通におこなわれていたことであるという。貧乏な話といえばそれまでだし、いやしい話といってしまっても、やはりそれまでだ。だからぼくは、このシジミ汁の話を、いやしさとも貧乏とも結びつけることをしない。

三等船客、つまり移民社会は、一等や二等などの世界が存在する事実をまったく考えに入れないとき、あるいはそんな世界はたとえ常に存在していても自分とはまったく関係がないのだと思いこんでいるとき、時として貧しく往々にしていやしくはあったとしても、三等客の世界それ自体は、あっけらかんと拍子ぬけのしてしまうほどに均質な社会だった。

数をかぞえたうえで正確に全員に分配されたシジミを、ぼくは、この均質性のほうに結びつけようと思っている。ぼく自身の、いわゆる主観的な「立場」のためにそうするのではなく、主としてハワイの二世を中心にした移民社会の「事実」に、そうしたほうがより正確に、より近く、接近できると考えるからだ。

均質性について具体的に書くまえに、あの「チャイチャイブー」について、おわりまで書いておかなくてはならない。「チャイチャイブー」は、「秩父丸」をローマ字で CHICHIBU MARU と書いた場合の、「秩父」のほうだけを、日本語にまったく不案内なアメリカ人ふうに読んだものだ。

当時、アメリカ人たちが現実にそう読み、そう発音していたのを、日系二世たちが、一種のアメリカ語として逆に借用し、二世たちもまた、「秩父丸」のことを「チャイチャイブー」と呼んでいた。

CHICHIBUは、「チャイチャイブー」と読むのだと思いこんでいるアメリカ人が口にしているかぎりにおいては、「チャイチャイブー」は、日本語なのだ。だが、アメリカ語の一種として日系二世たちが借用して使用するときには、それは、アメリカ語になる。なおかつ、「チャイチャイブー」はもとをただせば日本語であるけれども、こう読まれたときにはぜったい日本語ではないのだと、当の二世たちは承知しているのだから、二世たちが「秩父丸」のことを「チャイチャイブー」と言うとき、その言葉自体、そしてその言葉によって表現されているものは、日本語でもなければアメリカ語でもなく、日本でもなければアメリカでもない、独特なものとなっていく。この独特なもの、つまり二世たちに固有のものこそ、ぼくが愛着しつづけている移民社会の、大げさにいえば「文化」なのだ。日本からはいちおう断ち切られていて、アメリカそのものに対しても確実になんらかの距離を保っている。と同時に、日本とアメリカのいずれに対しても、引き潮のときに月にひっぱられる海の潮のように、ひきずられることのある文化。どっちつかずの、まことに中途はんぱなものかというと、決してそんなことはない。そういうふうに見えることがしばしばあるかもしれないけれども、それは浅い見方のせいであって、ほんとうは、そのようなことはない。ほかのどこにも存在しえない、独立性のかなり高い独特なものであり、さまざまな観点から見て興味のつきない文化なのだ。その「文化」に関しての「ほんとう」のことがらについてこれがほんとうなのだという立証をともなわせつつ、これから体験していかなくてはならない。立証、とはなにだろうか。はじめに書いたような、たとえばシジミ汁のなかのシジミをその場にいあわせた全員に等しく配分する作業を、二世移民社会内部の均質性に結びつけることだろうか。二世移民社会は、おどろくほどに均質であるという事実の一端を知ったうえでシジミの等量配分をそこに結びつけるという、多少ともきたない手口を採用しつづけることだろうか。そのようなことでは、「ほんとう」のことは、いつになっても浮きぼりにされてはこないだろうとぼくは考える。

シジミの等量配分は、たしかに、二世移民社会内部の均質性に結びつきうる。均質性とは、さらに言えば、数字ないしは数量の日常生活における尊重のようなことにも結びついていくだろう。数字ないしは数量の日常生活における尊重のようなことについても、自己の達成したことがらを数値に置きかえることによって満足度をさらにたかめる、いわゆる数量還元主義ではない。たとえば、移民は等しく移民であって、そのなかでのひとりの人間は、誰とも等しいひとりの人間であった。よく言われるように、移民は日本での食いつめ者の下層階級者であるから、そのような人たちのあいだには、ハイエラルキーもなにもあったものではない、といった意味での無階層な、無順位の社会ではない。ハワイなり北アメリカなりで、日々の労働をとおして、日本のとはまったく異質な文化に接するとき、その接する側が日本からひきずってきたハイエラルキー意識など、まずなんの役にも立たないし、後生大事に持ち歩いていても異質の文化との接しあいによってそんなものはじつに他愛もなくこっぱみじんにされてしまうのだ。だからこそ、ひとりの人間は等しくひとりの人間であり、その人間たちが何人あつまろうとも、全員は異質の文化の前に等しく平等であり、そこで問題になるのは、その平等者たちの個々のアンデンティティだということになってくる。

8　ハワイアン・ハイ・タイム

　みやげもの屋は、たいくつなのだろうか。それとも、楽しいのだろうか。おそらく、その両方だろう――というような気どった書き方をするのは、ほかでもない、ぼくは、みやげもの屋が好きだからだ。

　ハワイのみやげもの屋でいまいちばん一般的なのは、ワイキキのキングス・アレーだろう。カラカウアのモアナのむかいあたりにあるハーツだかエイヴィスだかの営業所の裏の一角に建っている。プリンセス・カイウラニに泊まったりすると、部屋に帰るときにはたいていこのキングス・アレーの前をとおることになる。これを建てるために区画整理中だったときにその作業をぼくは馬鹿づらしてながめていたことがあるし、建造中のとても不思議な感じのたたずまいも、雨のなかで見た記憶がある。

　できあがって何年かたついま、夜になると故意に黄色っぽい明かりのなかにキンキラにうかびあがり、ディズニーランドの一角のようだ。

　コロニアル・スタイルだかなんだか知らないけれど、昔ふうの建物を模している。たいくつと言えば、たいくつこのうえない。しかし、面白いと言えばかなり面白い。

　どうたいくつで、どう面白いかというと、たとえば。

日系の、おそらく三世なのだろう、三〇代前半とおぼしき女性がひとりで店番している小さな店があったりする。オレンジ色や、あざやかな紫色の花模様が白地にプリントされているムウムウを彼女は着ていて、ツメを赤く塗った両足には、皮のサンダル。

黒い髪にウエーブをこまかくかけてスプレーでがっちりとかため、眉をくっきりと描いている。かけている眼鏡の尻が、つりあがっている。

「ねえ、ちょっと」

と、彼女は、小声で三人の男連れを呼びとめる。三人の男は、おなじようなグレーのズボンに黒い靴。白いワイシャツの袖をまくり、ひとりはアサヒ・ペンタックスを肩にかけ、もうひとりは、8ミリ撮影機の入った四角いケースを肩にかけている。いまひとりは、日航がくれる地図や案内ブックレットの束をビニールのブック・カバーのあいだにはさみこんで持っている。そして、三人のうち三人までが、眼鏡をかけていることとすらある。

「ねえ、ちょっと、ちょっと」

店番のおねえさんは、東京語をたくみにあやつる。抑揚や間のとりかたは、東京語そのままだ。だけど、薄い唇の、その動きかたがまるで日本人ではない。

「あんたたち、トウキョウ? 安いわよ。子供のオモチャ、おくさんのおみやげ。え? 見ていって。安いのよ。買って得ね」

うまい日本語だけど、買って得ね、というあたりに、ハワイ生まれの島育ちとしての地が出てきてしまう。

日本から来た三人の中年男たちは、なにかちょっとこわいものでも見るような目で、彼女を見る。おそるおそる近づいてきて、話をかわすこともあるし、「ノー、ノー」とか言ってどこかへ足早にいってしまうこともある。

そういう情景を、ぼくは、ながめている。円形のコンクリートのベンチにすわり、馬鹿な失業青年といった雰囲気で、みんな見て、すべてを聞いてしまう。ことさら皮肉な目で見ているわけではないし、意地悪な聞き耳をたてているわけではない。目の前でゆっくり展開されている情景を、ただ見ているにすぎない。

店番の彼女は、ニヤニヤと薄笑いをうかべて店にひっこみ、ふと、ぼくを見てウインクしたりする。

ややあってぼくは彼女の店へ行き、

「売れる?」

と、きいてみる。

ざっと以上のような手順をへて、ぼくは、彼女の小さな店に入っていく。

彼女が、安いよ、と言うのは、嘘ではない。小さな店のなかには、どうまちがっても値の張りようのない、安そうなものが、ごたごたとならんでいる。

壁に、白い貝がらのネックレスが、かかっている。「一ドル一五セント」と、値段がボールペンで小さな札に書いてあり、品名は「プカ・シェル」。そしてかっこして、「プラスティック」と、但し書きがつけてある。プカ・シェルのプラスティックによる模造品だ。

プカ・シェルに模造品ができたのか、とこのときはじめて知る。アメリカには安物を買うことを自分の人生の哲学にしているような人がなぜだか多い。プカ・シェルのプラスティック模造品も、そういう人たちが買うのだろう。

手にとって、ながめてみる。なんとおりかのプカ・シェルの金型をおこし、プラスティックを流しこんでつくったものだ。まんなかに小さな穴があいていて、そこにヒモがとおしてある。プラスティックの貝がらが触れあって、よく晴れた日の昼さがりのワイキキの一角に、せつない小さな音がする。

「プラスティックのイミテーションだなあ」

「そう」

「売れるんかい」

「イェア」

と、彼女は眉をつりあげ、あっけらかんとして言う。そして、正直に、次のようにつけ加える。

「でも、本物を買ったほうがいいわよ」

なぜ、プカ・シェルは本物を買ったほうがいいかというと、こたえは簡単だ。プラスティックのイミテーションは一日でも半日でも、できてしまう。ところが、本物は、できるまでに八〇〇年ほど、かかるからだ。

プカとは、ハワイ語で、丸い穴、輪、ゼロという数字、などの意味を持つ。たとえば、「ワン・プカ・プカ」と言えば、「一〇〇」のことだ。第二次大戦で一般に有名な二世部隊は四四二部隊だけど、第一〇〇歩兵大隊というのもあり、この部隊のことを、当の二世兵士たちは、ワン・プカ・プカと呼んでいた。

なぜ、プカ・シェルと呼ぶかというと、貝がらのかたちが丸いからではなく、おおむね丸い貝がらのまんなかに、小さな丸い穴があいているからだ。

四四二部隊は、アメリカ陸軍の部隊のひとつとして、いまでも存在する。ダウンタウンやエアポートのほうにむかう路線バス「ザ・バス」にワイキキから乗ると、フォート・デラッセイの裏をとおる。兵舎の建物に、「名誉ある、かの四四二部隊に貴君も入隊を」というような志願勧誘の文句が、西日をうけてへんぽんたるものだ。

さて、プカ・シェルだが、プカ・シェルがまずはじめに貝として海のなかにできるときには、貝がらの中央に小さな丸い穴など、あいてはいない。

貝が死に、貝がらだけが海底にのこり、時間が経過していく。そして、経過していく八〇〇年という、いまとしてはもう途方もない時間のなかで、シェルはおそらく風化に似たプロセスをへていくのだろう、やがて、まんなかに、穴が小さくあいていく。プカ・シェルが、このとき、誕生するのだ。

穴がなぜあくのか、そのプロセスをぼくはいま正確には知らない。とにかく、何百年という月日のなかで、小さな貝がらのまんなかに丸く穴があいていくのを知るのは、なんといったってやはり感動的だ。

このプカ・シェルを海岸からひろってきて、かたちの大きさをそろえ、きれいにみがいてネックレスにしていくには、手間がかかる。海岸へいけばいくらでもひろえるというわけでもないので、おみやげ物屋の店さきにならぶときには、値が張ってしまう。おみやげものというよりも、格が一段うえの、ハワイアン・クラフトなのだろう。

このプカ・シェルをひとつ、細いヒモにとおして首にかけている若い男がいた。人のいない海岸にひとりですわりこみ、プカ・シェルをヒモからはずしてながめつつ、枯れた薬草を煙草のように巻いて喫うと、面白いことがおこってくるのだという。

この穴は八〇〇年、この穴は八〇〇年、と心に念じつつ、煙によって意識の枠をとりはらっていくと、その青年はやがて自由な自分になり、たとえばプカ・シェルのまんなかにおいた小さな穴をくぐりぬけていく自分の視線が自分そのものになってしまい、じつに八〇〇年におよぶタイム・トリップを、瞬時にして体験することになる。

煙によっていつでも誰でもこんなふうにトリップができるわけではないようだ。人によるし、場合にもよるのだろう。多少ともバッド・トリップだったりすると、小さな穴のなかに、つまりすでに経過してしまった八〇〇年のなかにはまりこんで、出てこれなくなったりする。

というような話にいたる、ごく小さな、日常的なきっかけが、ワイキキのみやげもの屋さんの店さきに、ころがっている。だから、スーヴェニア・ショップは、かならずしも安っぽくてたいくつだと言いきることはできなくなってくる。

9 イングリシのほうがえっとみやすい

「魚」という日本語に相当する英語の単語を音声表記としてカタカナ書きすると、「フィッシュ」になる。普通、日本語では、そう書かれている。

どのような経過をへて「魚」が「フィッシュ」になったのか、ぼくは知らない。なぜ、「フィッシュ」という表記がなされるようになったのか、ぼくは知っていない。

ぼくは思うのだが、「フィッシュ」は、音声の表記なのだろうか、それとも、FISH というスペリング表記の、カタカナによるある種の律義な置きかえなのだろうか。本来なら一音節に発音される「FISH」が、「フィッシュ」になると三音節になっているみたいだ。「フ・イッ・シュ」の三音節だ。あるいは、「フィッ・シュ」の二音節。

こうしてみると、「フィッシュ」は、音声表記からは、ずいぶん遠いといわなくてはならない。一音節のひとかたまりの音を、なぜだか知らないけれど二音節にしてしまいたいという意識下の願望が、日本語の世界にはある。「フィッシュ」と、カタカナ書きされた「魚」は、やはり英語ではなく、日本語なのだ。

英語にかなり練達している日本人でも、このように FISH をカタカナで書けといわれたら、なにもためらうことなく、「フィッシュ」と書くだろう。いや書くにちがいない。FISHという単語を、いかなる状況、いかなる文脈のなかでも英語として正しく発音できる人でも、カタカナで書くとなると、ころりと一転して、「フィッシュ」という日本語にしてしまう。たとえばハワイの二世たちのように、「フィーシ」とは、書かないのだ。

ハワイの二世たちがFISHのことをさかんに「フィーシ」とカタカナ書きするのかというと、そんなことはなく、いつもFISHはひとかたまりの音声として発音されている。どうしてもカタカナ書きしなくてはならないとき、日常の発音にもっとも近いものとして、「フィーシ」が本能的に採用されるのだ。二世たちの言葉について論じられるとき、ひんぱんにひきあいに出される「ツラック」(トラック)や「グラージ」(ガレージ)とおなじように、FISHは「フィーシ」でしかありえない。日本人が、「フィーシ」と書かれたカタカナを見てすぐに、「魚」が思いうかぶだろうか。うかびはしない。

だから、当然、「フィーシ」は英語なのだ。FISHが「フィーシ」でしかありえないとき、そこには、日本語と英語という、まるっきり異なったふたつの文化の、のっぴきならない衝突が、ぼくには見える。そして、FISHを「フィーシ」と書く人は、アメリカ語を自分の文化とする世界の人なのだ。日本人ではない。

FISHが日常のなかで実際に発音される音にもっとも近い、カタカナによるヒアリング表記ともいうべきものが、「フィーシ」なのだ。さかな、というものをひとつの言葉で表現するとき、英語だとスペリング表記のFISHと音声による「フィーシ」の、ふたとおりしかない。このことは、一見、たいそう単純に思える。

ハワイの二世たちは、「日本語は、ややこやしい。イングリシのほうがえっとみやすい」と、よくいう。彼らはアメリカ人なのだし、なにかいおうとして口を開けば英語がもっとも自然なものとして出てくる人たちなのだから、その英語に比較して、「日本語がややこやしい」(ややこしい)のは、当然のことだ。

「イングリシのほうがえっとみやすい」というようなかたことの日本語は操れるのだが、それはかたことでしかなく、そのかたことのむこうにある、日本語の体系のようなものにすこしでも触れたとたん、「ややこやし」さが圧倒的なものとして、せまってくる。

どうややこしいのか、そのややこしさの第一段階は、たとえば例をFISHでいくなら、この見なれたFISHが、まず「魚」という奇怪なひとかたまりになってしまうこと。書き方が面倒だし、「ぎょ」「うお」「さかな」と、三とおりに読む。しかも、「魚」というひと文字は、さかなというものの象形的な図形であると同時に、「さかなというもの」という、概念の表現でもある。「うお」と読んだときと「ぎょ」と読んだときとでは、概念がちがってくるだろうし、そのさきに連想されてくるものも、人によってさまざまにちがってくる。「さかな」と読めばまた別物だし、はじめからひら仮名で「さかな」とくると、世界はまた一変する。「おさかな」は、もうひとつちがう。「おトト」は、どうすればいいのか。

日本語を第二外国語として学習して身につけなくてはならない人にとって、日本語だけにしかないこのようなすぐれて特徴的な局面のいっさいが、「ややこし」さとして、のしかかる。

こんなふうに、ごく日常的な漢字をひとつとってみても、充分すぎるほどに、たしかに日本語はややこしい。日本人とおなじように日本語が自在につかいこなせるようになるためには、日本に日本人として生まれ、日本語をつかいつつ日本人として育たなくてはとうてい無理であるという、日本語に関する伝説が根強く広まっているのは、ごく自然なことなのだとぼくは思う。

しかし、このようなややこしさは、外国語としての日本語に関して、さんざんにいい古されたことがらだ。いい古されていないことがらが、ほかにまだあるだろうか。

ハワイの二世が、自分の英語よりもはるかにはるかに不自由な日本語を操って喋るのを聞いていると、これこそ英語（つまりこの文章の文脈では、アメリカ語）と日本語との根元的な差異ではないかと思えるような決定的な差に、気づく。

自分がよく知らないし、知りたいと切実に思っているでもない不自由な日本語で喋るとき、不自由さやいらただしさをこえてそのハワイ二世にとってややこしいのは、自分をどこに置けばいいのかという問題だ。彼らがいう日本語のややこしさの奥には、このアイデンティティの問題が、大きく立ちふさがっている。

自分、という存在をあらわすのにI（アイ）しかない彼は、Iの他言語による純粋な置きかえとして、「ワタクシ」をつかうことが多い。

「ワタクシ」を主語にして語る彼のつたない日本語を聞くほうのぼくが感じるもどかしさは、よく考えてみると、彼のIには充分なアイデンティティが感じられるのに対して、「ワタクシ」になったとたんに、そのアイデンティティが消失することからきている。「ワタクシ」という音は、便宜上の記号にしかすぎない。「ワタクシ」のなかの、どこにどう彼があるのか、つかめないのだ。「ワタクシ」

なんかもうやめにして、早く自分自身のIで喋ってくれ、という気になってくる。

こういう気持に対して、ぼくがどんなふうに責任をとれるだろうかと考えていくと、すでに書きつくされたように思える問題に、またもや、いきあたる。

ぼくが「ぼく」をやめにして、Iとなって喋るとき、Iのなかにぼくのアイデンティティがどう在るのだろうか。自分、というものを他者に対して明示するとき、日本語には、たとえば「ぼく」や「私」からはじまって「俺」「小生」など、あげていくだけでうんざりするほどたくさんの自分がある。

そのときどきの自分の在り方を、存在している相手の「格」のようなものに応じて、自在に変化させていくために、自分の代名詞がこんなにたくさんあるのだと説明されている。

アイデンティティは、その都度ぐらぐらと変わっていく。つまり相手によって、その場の一時的な都合によって、いかようにでも変化する、あるいは、変化すると思われるアイデンティティなのだ。

二世たちの日本語の特徴のひとつに、敬語の用いかたのおかしさがある。相手や状況に応じて変化自在なアイデンティティだからこそ、複雑な敬語が自由に操れるとするなら、単純にポンとひとつIだけが存在するアイデンティティをもとにしては、敬語は大統領と牧師に対してしかありえない。極端にいうと、そういうことになる。ぼく自身についていうなら、ぼくがIとなって喋るとき、遠まわしに遠慮したりあいまいにしたり、へりくだったり、いばったりしようなどということは、まず思いもつかない。Iにとっては、それに対する純粋な他者が存在するだけなのだ。

二世の言葉の特徴として「ユーが」「ミーが」という人称のつかいかたが、いまでは戯画的に指摘されたりしている。

この「ユーが」「ミーが」という、もっとも耳にのこりやすい、普遍的とさえいえる特徴のなかに、英語と日本語とにおけるアイデンティティの根源的な差がひそんでいる。「ユー」に対する「ミー」や、「ミー」に対する「ユー」で、彼らの社会は構成されている。「ユー」には、その当人がどんな状態であれ「ユー」なのであり、その「ユー」に対してこちら側から主張されるアイデンティティが、「ミー」なのだ。「ミー」の視点は、ひとつに定まっている。そして、眼前の「ユー」を仲介として、他者一般へと、パースペクティヴがいつでも一定のかたちで、できている。という仮説を、まず書いておく。

10　身についた言語は常に肉体性を持つ

大学入試の英語の試験問題を、今年のやつばかり三〇校分、ぼくはしばらくまえに読んだ。ぼくが大学受験を強制させられていたころに流通していた試験問題とちっとも変わっていなかったのを発見したのは、おどろきだった。たいしたおどろきではないけれど、ふーむ、と思ったことはたしかなのだ。

東大や京大のをやってみたら、ものの一〇分ほどで、みんなできた。こたえと照らしあわせるまでもなく、満点にきまっている。なにしろ、ばかばかしい問題がそろっていて、文字どおり十年一日なのだから、みんなできるのはあたりまえなのだ。

三〇校分、ていねいに読んでいって、ぼくはひとつのひらめきを持った。どういうひらめきなのか。いまも昔も、大学入試の英語の試験問題をつくっている大学の先生たちは、「近代」の人なのだ、というひらめきだった。

「近代」から抜け出ている人たちなら、もうすこし洗練された問題を考えることが、ぜったいにできるはずなのだから。

大学入試は、本来なら肉体上のことがらなのだとぼくは思う。アタマにいろんな知識をつめこみ、出された問題をその知識を武器にして解き、大学に入学を許可されるという、妙に抽象的で、普遍的な作業なんかではないはずだ。

だのに、いまも、そしてぼくのころも、大学入試の英語試験問題は、抽象的普遍主義にさしつらぬかれ、身動きができずにいる。

一〇年まえとすこしも変わっていないということは、試験する内容が深まっていない、ということでもあるのだ。そして、一〇年間つづけてきていっこうに洗練もされなければ深まってもいかないからには、これからさきもまずいままでとおなじような問題が出されつづけるだろうし、そもそも最初から、英語の入試問題は「近代」の抽象普遍主義をこえられない運命にあったのだと言える。

日本人にとって英語はなになのだろうか。こういう大ざっぱな言い方はきらいだし、それなりの危険をともなうのだが、ひとまずこんな言い方ですませよう。日本人にとって英語はなにでもないのだとぼくは考える。

大学受験について言うなら、受験英語という独特なものに関する知識を自己のなかにためこみ、日本の大学の試験に受かるという、たいそう狭義な自己目的を達成しようというのだから、英語などどこにも巻きこんではいない。「近代」の人たちが得意とする、具体性を欠いた自己循環みたいな作業があるだけだ。

受験を完全にはなれた場でも、おなじようなことがおこなわれているのではないだろうか。特に、大人たちの世界では。

大学まで進学すると、合計一〇年、日本人は英語を勉強する。だのに、大学を出ても英語がすこしも満足につかえないではないか、という批判や指摘が、もう何度くりかえされたかわからない。

満足につかえないのは、あたりまえなのだ。大学に入るときに試験される英語がどんなものなのかは、さきに書いたとおりだ。大学に入ってから勉強する英語は、大学を卒業するためのものであることがとても多い。大学に入るための英語と、卒業するための英語は、内容に多少のちがいはあっても、基本的な性格は、おなじだ。

自分自身の道具として英語を使っていきたいという、のっぴきならない必然性のようなものがどこにもないから、いくら英語を勉強してもいっこうに役に立つものとはなってこないのだ、という説明には、落とし穴がある。

自分自身の道具としての、のっぴきならない必然性とは、いったいなにだろうか。

ゆずり渡そうと思ってもゆずり渡すことのできない最終的な、唯一の、のっぴきならなさは、結局、自分の肉体なのだという事実を考えなおすとき、ほんとうに自分の道具となりうるような英語は、自分の肉体そのものだ、ということにならないか。英語を勉強することは、ほんとうは、自分の肉体になにごとかを覚えこませることなのだ。アタマのなかの抽象的な普遍ではない。

英語の勉強が自分の肉体の問題であるということを、肉体的に理解するために役立つひとつのきっかけは、アメリカ人による日本人のための英会話学習の、いわゆる科学的な方法、たとえばランゲージ・ラボラトリーがある、と教えてくれる人がいる。ランゲージ・ラボラトリーでヘッドフォーンをとおして教えこまれるものはなにかというと、自分がいずれ英語で喋るであろうことがらの、表現形式だという。やがて自分が英語で喋る内容を前もって想定し、そのような内容の表現にはこんなパタン、このような内容ならばこっちのパタン、というふうに、頭のなかを無理やりに強制整理していくのがランゲージ・ラボラトリーだという。これは、洗脳的な拷問だ。英語を学習するのは肉体的なよろこびであるはずなのに、これでは、肉体的な苦しみでしかない。

肉体的なよろこびに対して鈍感になっている大人は、肉体的な苦痛に関しても鈍感なのではないのか。

そして、その苦痛にある程度まで耐えることとひきかえに、舌のさきで操れるいくつかのパタンを手に入れてしまうと、「英語のできる人」がそこにできあがる。

この人の英語は、多少は役に立つのだ。英語ができるようになったのだという認識のもとに、表現パタン操作能力がもうすこし高まってくると、その人が使う英語は再びアタマのなかでのことがらとなり、いったんこうなってしまうと、肉体上の問題をいっさい避けてとおるという巧みさが、知らずのうちに身についてくるのではないのか。

英語が自分の肉体の問題になるためには、たとえば、英語で喧嘩ができるようにならなければならない。

アメリカ人のブルーやグリーンや灰色やらの瞳でにらみつけられて「この馬鹿野郎！」と、真剣に言われたとき、ランゲージ・ラボラトリー出身の人は、どうするのだろう。「馬鹿野郎とはなんだ、この野郎」と、必要最小限の言いかえしが、アタマの作業ではなく自分の肉体の反応としてとっさに出てこないかぎり、言語が肉体の問題になっているとは言いがたい。「馬鹿野郎という言葉が私にあてはまるということを教えてくれたのは、あなたが最初である。これまで私は、馬鹿野郎という言葉はあなたのような人にしかあてはまらないと思っていた」と、とっさにきりかえしていくための表現パタンではなく、肉体の反応を、ランゲージ・ラボラトリーは教えているのだろうか。

英語を使ってアメリカ人を相手にほんとうに論争したり喧嘩したりしたことのある日本人が何人いるだろう。数えうるほどにすくないのではないのかという気がする。

喧嘩という肉体の問題は、たとえば、「インテリジェントなアメリカ人はヒトのことをこの馬鹿野郎と呼んだりはいたしません」というようなひと言によって、のっけから回避されてしまっている。町の英会話スクールは、英語による喧嘩のしかたを肉体的に教える学校になるといい。

こんなふうに考えてくるとき、大人は外国語の覚えが悪く、子供は早いという、これも言いつくされたことがらが、どうしてもうかんでくる。

会社の出張かなにかで一家が総出で外国へ移住したとき、まっさきにその土地の言葉を覚えていくのは、子供であるという。あたりまえで自然なことなのだが、だから外国語教育は早いうちにはじめると効果があがるんだといった結論がひき出され、ランゲージ・ラボラトリーでのパタン教育みたいなものが子供の身にふりかかってくるのは、どういうわけなのか。

外国へいった子供が言葉をす早く覚えて自由に使えるようになっていくのは、言語が自分の肉体の問題であり、肉体の問題を整理したりせず、ぜんたいとしてそのいっさいを我が身に受けとめているからにほかならない。

しかし、大人たちは、肉体の問題を、早々と整理してしまっている。たとえば喧嘩だが。できることなら喧嘩はしないようにしようと大人たちは考えている。ぜったいに喧嘩はすまい、と心にきめてそのとおりにする人だっているはずだし、万が一、喧嘩になったら、日本的な芸当でやりすごしてしまおうとする人だっているはずだ。喧嘩という、すぐれて肉体的な問題に対して、大人たちは、最初から壁をこしらえている。これでは外国語が覚えられるはずはないのだ。

喧嘩を避けずに、日々の自分にとっての、のっぴきならない肉体の問題としてひきうけていくと、外国語で喧嘩ができるようになるだけではなく、喧嘩をこえたさきにあるもの、たとえば、遊び仲間のつながり方とか友人の関係とか、ようするに人と人との関係のあり方を日々刻々とつくっていくその方法が、身についていく。子供のほうが外国語を覚えるのが早いとは、じつはこういうことなのだ。

こうして身につけた言語は、常に肉体性を持つ。言葉が、するりと抽象の領域へ逃げていくことはない。

「嘘」という単語を、日本語の広辞苑は「事実でない言、虚構の言、いつわり、そらごと」と、説明している。この説明を読んだかぎりではべつになんともなくても、英語の「嘘」がLIEという名詞のかたちのまま動詞になることができ、その動詞のときの意味が「だます意図を持ってウソとわかっていることを言うこと」と、辞書ですら説明しているのを知るとき、日本語の「嘘」からは、具体性がすっぽぬけていることに気づく。

日本語として身につけているこの「嘘」が、学習された英語としてのLIEにかさなるとき、どういうことがおこってくるだろうか。「嘘も方便」とか「嘘から出たまこと」などとつながった「嘘」のイメージや、日常の口語で多用される「うそ」という言葉の感じをひきずったままだと、LIEはちっともLIEではないのだ。

「嘘つき」はドロボウのはじまりでしかないのだが、LIERという単語のなかに、ぼくは肉体の記憶を持っている。おさないころGIと遊んでいてなにかのひょうしに彼のことをLIERと呼んだら、そのGIは、自分とはくらべものにならないほどに幼いぼくに、なんの遠慮もない、真剣そのものの平手打ちをくわせ、ぼくは数メートルふっとんだのだった。人を「嘘つきめ!」と呼ぶと、相手との関係が変わってしまう事実は、おさなかったからこそ肉体のこととして学べたのであり、「人を嘘つきと呼んではいけません」という英語の教えは充分にしみこんだのだった。

11　波が君を変える！　あるいはサーファーになるということ

一時間四〇分ほどのカラー・シネマスコープ映画を一本観ただけで自分の世界観が実際に変わってしまうことが現実にありうるのだ、ということからサーフィンについてすこし話してみよう。

『エンドレス・サマー』という、一九六〇年代アメリカのサーフィン映画の傑作映画を、ぼくは、それが一般公開されて間もなく、アメリカで観た。

ぜひ観ようと思って観たわけではなかった。西海岸へ来て、さてなにをしたらいいのかと、ぼうっとして日を送っていたとき、なぜだかハンティントン・ビーチへいき、そこの映画館で『エンドレス・サマー』を観た。

この映画館は、そのときは気がつかなかったのだが、ハンティントン・ビーチ一帯のサーファーたちのためにサーフ映画ばかりとっかえひっかえ上映している、サーフ映画専門の映画館だったのだ。

サーフ映画とはいったいなんだろうかと、非常に稀薄な意識でほんのわずかな興味にひかれ、ぼくはその映画館に入った。サーフ映画に対する期待よりも、映画館の冷房のきいた暗闇でシートにすわり、二時間ちかくぐったりしていられることへの期待のほうが大きかったのだと思う。

観終って、ぼくは、すっかり忘れていたことを思い出していた。

そうだったのだ！　世のなかにはこういうものがあったのだ！　なんと素晴らしい世界なのだろう！

主としてオアフ島北海岸の大波が、その映画にはとらえられていたと思う。それまでサーフィンについてまったく知らなかったわけではない。しかし、面白げな水上スポーツがあるな、というような、ほんとうにどうしようもない認識しか持っていなかったのだから、サーフィンについてはなにも知らなかったと言ったほうがいい。

本場はハワイなのか、よしそれではと、ハワイへひきかえし、北海岸へいっていきなり波を相手にし、あやうく死ぬとこだった。

映画『エンドレス・サマー』で観たサーフィンと、現実の北海岸での波の体験とのあいだに、ぼくのサーフィンが息づいているような気がする。

『エンドレス・サマー』は、その後、ハレイワやラハイナでも観たし、東京でも観た。

『限りなき夏』あるいは『終りなき夏』というようなタイトルで、イギリス製のミステリー映画と抱きあわせでロードショー公開され、一週間でひっこんだと記憶している。

いわゆる劇映画ふうのストーリイやドラマなんか、なんにもない。海や波のさまざまな光景、かたちを、サーフライダーたちの波乗りと共に、いろんなふうに撮影したフィルムを、独特のサーフ感覚で編集し、ナレーションや音楽をかぶせただけのものだ。

サーフライディングのシークエンスは、ひんぱんにスローモーションになっていて、これにスペース感の強いロック音楽がかさなると、スクリーンのうえに魔法がくりひろげられることになる。断ちがたい、ふりきりがたい絶大無限の魅力を持った魔法なんだ。

日本にいまサーフィン人口が一〇万人いるという。いつだったかの朝日新聞の記事にそう書いてあった。このなかのかなりの数の人たちが、ウエスト・コーストやハワイで、この『エンドレス・サマー』を観てるはずだ。

すぐれたサーフ映画がその前後にたくさんつくられ、『エンドレス・サマー』は最初の大傑作としての地位を手に入れ、いかにも一九六〇年代なかば的な感覚をフィルムにみごとに封じこめた記念碑的な作品となっている。

ハワイからタヒチ、サモア、フィージー、ニュージーランド、オーストラリアと、よれよれのコジキみたいな様子でぼくは海を見てまわり、真夏のフィージーで一日じゅう波のうえにいてすさまじい日射病にかかり、ここでもあやうく死ぬとこだった。

オアフ島北海岸がいかに素敵かは、小説で二度くらい書いた気がしている。現場のエネルギーを吸収しなおしてもういちど書くつもりでいるから、いまはくりかえさないでおこうと思う。

ぼくは幼いころから海が好きだ。瀬戸内海がまだこよなく美しかったころ、明かるい、あっけらかんとした海岸や小島であそびほうけてすくなくとも一〇年はすごしたから、「明かるい海と砂浜」というたものの原体験がアタマとカラダつまりぜんたい的な六感のどこかに、かなりしっかりとしまいこまれているはずだ。

『エンドレス・サマー』を観て体験した感動は、この「明かるい海と砂浜」の原体験みたいなものに直接につながっている。

明かるくてきれいで、数人の友だちのほかは人がまったくいない砂浜と海で気のすむだけあそぶのは、六感のよろこびなんだ。海以外に余計なものはなんにもない。自転車のうしろにアイス・ボックスをつんだアイスキャンディ・マンが「今日も泳ぎよるか」と、一本が三円だか五円だかのアイスキャンデーを売りに来て松の枝の下に自転車をとめれば、海の魅力は最大限に盛りあがった。

明かるい夏の海で裸になるのは、とてもいいことだと思う。人としてぜひとも必要な体験だ。それに、泳ぐという行為は、考えてみるとじつに不思議だ。

まず、宇宙があり、その片隅あるいはまんなかに、地球がうかんでいる。その地球に、海がある。海は、たとえば地球儀を、ある独特な感覚でつくづくながめるとわかるのだが、陸地をひとつにつないでいるものなのだ。アジアだのアフリカだのを、ひとつにぐるっと取り囲んでいるのが、海なんだ。陸はいくつかに分かれているけれど、海はひとつだ。

そのひとつの海に、夏の日の少年が泳いでうかぶとすると、これは革命的な出来事になる。水という得体の知れない生き物のなかに、泳ぐ人間が浮いている。立つわけでもなく寝ころがるわけでもなく、さらには転がるわけでもなく宙吊りになるわけでもない、不思議な状態。その不思議な状態が、宙に浮いている地球の海のうえで可能になる。

現実の海は、それがいかに明かるくきれいで人がいなくとも、アイスキャンディ・マンが来ても来なくても、ただ荒々しく海であるにすぎない。だが、海にうかんで泳いでいるとき、どんなふうに体の位置をかえてもバランスがとれてしまう状態が六感にうえつけていく感覚は、あれはいったいなになのだろうか。

左右のバランスとか上下のバランスとかをはるかにこえて、いかなるバランスをも可能にしてくれる状態を、ある期間にわたってひっきりなしに経験すると、いっさいのこだわりがカラダやアタマから抜けていく。ぼくの場合は、抜けすぎてすこし馬鹿にちかいのだと冷静に自己分析しているのだが、どんなものだろう。

地球に海があるだけで充分におどろきなのだが、その海には、波がある。

この、海の波も、不思議なものだ。北海岸の砂丘にすわって一日じゅうながめている波は、いっさいの生き物を超越した生き物のようだ。

砂浜にむかって押しよせてきて、サーフィンにとって絶好の砕け波になるときのうねりのありさまは、いつまでも見ていても飽きない。つまり、ぼくやぼくのうしろにある島をそのうねりは突き抜け、地球をひとまわりして、また目の前にかえってくるのだ。

北海岸の波について書くには、そうとうな覚悟や肉体的な用意が必要なので、いまはこれでやめておきたい。

サーフボードに腹ばいになり、パドリングで沖へ出ていくだけで、かなりきつい。日本で都会ぐらしをしていて、ある日いきなり北海岸の波に乗ろうとしたりすると、波にまきこまれて体をねじられたり、海岸に叩きつけられてそのうえから何トンという重さの波でおさえつけられ、半身不随になったりするから気をつけなくてはいけない。

波の腹をすべり降りるときの快感を言葉で語れるか語れないかという一種のゲームを、ぼくは間もなくおこなってみようと思う。

岸へむかって押しよせていく波の横っ腹の、手をちょっとのばせば触れることができる位置をサーフボードに乗ってすべっているときの感覚の面白さは、何十年くりかえし味わっても味わいつくしてしまうようなことはないとぼくは思う。

サーフィンは、まさに、ライフスタイルだ。サーフィンを生活の中心に置くと、毎日があそびになっていく。北海岸の板張りの小屋に根をおろして送るそういった生活のどこがどう面白いのか、手みじかにわかりやすく書くとなると、むずかしい。とにかく、あっけらかんと、なにごともただ楽しいのだ。それに、ある意味では重労働だから、気分もいい。

地球をとりまく宇宙にもし神秘があるなら、その神秘のいちばん手近でわかりやすいひとつの具体的な例が、海の波ではないだろうか。

波はいつも北海岸によせているが、まったくおなじ波は、ふたつとない。この、ふたつとない、しかも無限につづく波を生活の中心にしようというのだから、徹底したライフスタイルに近づかないほうがおかしい。

そのライフスタイルつまりサーフィンを中心に置いた日々をつくりだすには、時間がかかる。ぼくの実感では、ふた月かかる。都会生活のなかでひきずっているいろんなものをひとつひとつふり落として身軽になるためには、いま思い立って明日すぐに、というわけにはいかないのだ。

そして、いったんそういう生活になってしまうと、その生活はながく尾をひく。

サーフィンをやらないでいるのは、もったいない。波は無料なんだ。誰にでもつかえる。波に乗らないでいると、六感の感覚上の損をする。抜けるわだかまりが抜けていかないだろうし、広がる可能性を持っている感覚がむざむざとせまいままになってしまう。

海や波、陽や風のある風景を忘れすぎたままでいると、アタマとカラダの感覚が、じり貧になっていくような気がしないだろうか。

自分が、そういった風景のなかに、ただなんということもなく普通に存在しつつ、たとえば波に乗ったり泳いだり砂浜にいたり、あるいは、都会にまいもどって波や陽を思い出したりしているのは、感覚のよろこびなんだ。

サーフ映画の話にもどるけれど、スローモーションで時間をひきのばすところが、サーフ映画の持つ感覚的快楽の秘密のようだ。

普通のスピードだと、ほんとうにみごとなサーフライディングも、あっという間に終ってしまう。サーファーの動きに気をとられ、波の動きにまで目がいかない。

ところが、素晴らしい一瞬をスローモーションでひきのばすと、貴重な一瞬がずっとながくなり、波の圧倒的な動きのこまかなところまではっきりわかる。

さらに、実際に波に乗っているときの感覚や体験の記憶は、六感のなかによみがえるときたいていはスローモーションになっている。

とにかく、サーフィンは楽しい。

楽しいことを楽しいこととしてそのまま全身的に楽しむ、ということがもしいま次第に数すくなくなっているのだとしたら、サーフィンは最後の楽しみかもしれない。

サーフィンは、地球や宇宙との、無邪気なたわむれなんだ。

12 ぼくの彼女は、トゥー・フィンガー・ポイ

ポイは意外においしいんだ。見てくれは、たしかにあまりよくない。灰色にどんよりとしていて、正体不明の粘り気をみせつつ、どたっと重みをたたえ、ひとかたまりに器のなかで静かにしているありさまは、食い気をそそらない。

しかし、そそられてもそそられなくても、食ってみることだ。右手の人さし指を一本つきだし、ポイのかたまりのなかに突き入れてみる。指さき、あるいは指ぜんたいにかなりたしかな手ごたえがあれば、それは、ワン・フィンガー・ポイなのだ。ワン・フィンガー・ポイとは、人さし指一本ですくって食べることのできるほどの粘り気を持ったポイのことだ。

突きこんだ人さし指を、ぐういっ、とこねまわすように左へあるいは右へ一回転させ、ポイを指にからめとる。口のなかがいっぱいになるほどの量、ワン・マウスフルが、指先にからみついてくる。

口に入れればいいのだ。へたな味つけはしてないから、はじめのうち、その硬めのノリ状のポイは、なんにも味がしない。二度、三度と嚙んでいるうちに、鼻にぬけるすえた香りというか味というか、みんな吐き出したくなるような味覚が、脳に伝わってくる。ノリ状につきあげたポイは、好みに応じ

て一日とか二日とか、ときによっては数日、ねかせておく。発酵してきて、すえたような味と香りがただようようになってくる。

輪切りにしたトマト、塩ざけ、玉ネギのきざんだやつなどをいっしょに食べながらポイを口にはこぶと、ポイもなかなかうまいものだという気分になってくる。このポイが、かつてのハワイの人たちにとっては、重要さにおいては唯一無二の食べものだった。

ポイは、タロからつくる。タロは、タロ・パッチといって、タロ畑にできる。タロにはいろんな種類があるから、種類に応じていろんな場所に植えてある。

低湿地帯が多いのだが、山と山のあいだのすこし広い谷間みたいな耕地に葉をつらねていることもあるし、湿気などあまりなさそうな乾いた普通の畑にできているときもある。

沼田のようなところに、サトイモ、クワ、ハスなどの葉に似た葉を茎のうえにつけて育ちつつある光景が、タロ・パッチとしてはいちばん一般的なイメージなのだろう。『タロ・パッチ』という、二分に足らないみじかい歌ができている。レッドベリの『コットン・フィールズ』のメロディをかりて、タロ・パッチ・バック・ホームにつくりかえた歌だ。観光客相手のディナー・ショーなどで、途中にはさみこんでよくうたわれる。ショーがちょっとだれてきたときや、客の気分が乗ってきていないときなど、よく知られたメロディによる替え歌は、客の関心をステージにむけさせ、ひきしめることができる。テンポをあげて軽快にやると、夕暮れどきのお酒と食事のおともとして、かなりいい音楽になる。レコードでは、ワイキキの「デューク・カハナモク」で、クイオカラニ・リーと奥さんのナニ・リーのライブが聞ける。

タロの種類によって、ポイの味や舌ざわりは微妙にちがってくる。それに、ポイは、タロからだけではなく、サツマイモやパンの樹の実からもつくったりする。

茎の根もとのほうに両手をかけて沼田のなかから引き抜くと、楕円型の球茎が、茎のさきに実っている。ひげのような細い根が、球茎のあちこちから生えている。

根をひきぬき、茎を切りはなし、球茎だけにする。きれいにあらう。イムという、地べたにつくるオーブンで、いくつかの球茎をベークないしはローストする。ベークもローストも、おなじことだ。オーブンなどのなかで、ドライ・ヒートに当ててクックすることなんだから。球茎をいくつローストするかは、何人の人たちがそのポイを食べるかによってきめる。

ローストできたら、地べたのオーブンをあけ、火を消し、タロを冷やす。冷えたなら、皮をむく。手ごろな貝がらや、ナイフの刃のような部分のある石をつかって、皮をむくというよりは、そぎおとしていく。

樹かげの涼しげできれいなところにマットを広げ、ポイをつくる板を、そのマットのうえに置く。丸い、厚みのある板だ。直径は、大人の男の身長の半分ちかい。中央にむかってわずかにすりばち状にへこんでいる、美しい水を入れた容器をかたわらに用意し、マットのうえに両ひざをつき、ポイ・パウンダーでタロを叩きつぶしていく。

ポイ・パウンダーは、石から削り出した、ひっぱたき叩きつぶすための道具だ。握るところは、握りやすいように手ごろな細さとなっていて、叩きつぶす作用点の部分は、握りの部分よりずっと太く丸くできている。

いまでは女性でもポイをパウンドしているけれど、昔は、ポイ・パウンディングは男の仕事だった。職業的なポイ・メーカーであるポイ・パウンダーの家から、タロを叩きつぶしてポイにしていく音が、のんびりと外の田舎道に聞えてきたものだという。

いくつかのタロをいっぺんに叩きつぶしていくのではなく、ひとつずつ、つぶす。ひとつが完全にノリ状になったら、そこへ二個目を加えていく。三個目、四個目と、おなじ要領ですすめていく。

ポイ・パウンダーは両手で握る。両ひざをついて頭上にふりあげ、力まかせにポイめがけて打ちおろす。つぶれてノリのようになってきたタロが硬すぎると、作業がすすめにくい。硬すぎるなと思ったら、水の容器から水をすこしすくって、ふりかけ、しみこませてやわらかにする。

ぜんぶのタロがひとかたまりにつきあがったら、これがポイの前段階であるハード・ポイなんだ。パイアイ、というそうだ。

『このようにポイをパウンドします』という歌がある。カピオラニ・パークのコダック・フラ・ショーでよくやっている。CのセヴンスとFのふたつのコードで、メロディは借りものみたいだ。「静かな湖畔の森のかげから、もう起きちゃいかがとカッコウが鳴く……」という、あの歌のメロディのようだ。おぼえやすいメロディだし、聞いたことのあるメロディだから、アメリカからの観光客がすぐにおぼえ、よろこんでうたっている。

「ポイ・マンがポイをパウンドするときにはこうしてパウンドいたします。どの子にもみんなポイをつくってくださいます。パウンディング、パウンディング、ポイ」と、こういう歌だ。

ハード・ポイからポイをつくるには、ポイ専用の容器にハード・ポイを必要な分量だけもぎとってきて、容器のなかでもみほぐす。まんなかをまずひとつふたつげんこでひっぱたき、両はじからもんでいく。

すこしやわらかくなってきたら、水の容器に用意しておいた水をポイにふりかけ、その水が完全にしみこんでいくまで、もみつづける。丸いボウルのような容器をつかうから、くるくるとボウルをまわしつつ、もみほぐしていく。

さらに、何度か、水を加えていく。自分の好みのやわらかさにまでポイがほぐれていくまで、水を加え、もみつづければいい。

ワン・フィンガー・ポイ。トゥー・フィンガー・ポイ。そして、スリー・フィンガー・ポイの、三とおりの段階がある。ワン・フィンガー・ポイについては、すでに書いた。トゥー・フィンガー・ポイは、人さし指と中指の二本をそろえてポイのかたまりのなかに突きこみ、ぐりっとひとつこね、二本指にポイをからませ、すくいあげる。人さし指一本だと、垂れてしまってうまくすくえない粘度なんだ。このトゥー・フィンガー・ポイが二本指にあたえる感触が彼女に似ていたら、おめでとう、彼女は栄光のトゥー・フィンガー・ポイだよ。

スリー・フィンガー・ポイは、ドロドロのおかゆのような流動食になってしまう。お客にこんなポイをだすのは失礼なことだとされているし、スリー・フィンガー・ポイは冗談としてしか存在しないようだ。

オーギー・ゴピルとロイアル・タヒチアンズの歌と演奏で、『ワン、トゥ・フィンガー、スリー・フィンガー・ポイ』という歌がレコードで聞ける。ダニー・スチュアートがスティール・ギターをひいている。

昔は、ちゃんと手づくりしていたポイも、いまでは機械でつくっている。ポイのかん詰めができている。買ってこようと思い、その都度、忘れている。

おそらく冗談なのだが、かん詰のポイのラベルに、一本指、二本指、三本指で、なかのポイの硬さが図解表示してある、と教えてくれたビーチボーイがいた。

そのビーチボーイがさらに語るには、スーパーマーケットにトゥー・フィンガー・ポイのかん詰めを買いにいったところ、平べったくて浅い罐に入ったのしかない。

「もっと深い罐に入ったのはのはありませんか」

と、彼がおばさんの店員にきいたら、おばさんは、次のようにこたえたという。

「そんな代用品さがしてないで、早くガールフレンドつくりなさい！」

13　アロハ・シャツは教会のバザーで買うものさ

ビジネス・プラザの奥にある免税品店の紙袋と高級一眼レフを持ち、男はアロハ・シャツにコットン・パンツ。女は、くるぶしがかくれるほどのながさのムウムウ。柄がおそろいのペア・ルック。たいていの場合、男のほうはひどく頼りなげであり、女のほうが堂々とかまえている。男によりそい、腕をからませて歩いているところはほんとうにちょっと異様なのだが、当人たちは気がつかない。カラカウア通りの道ばたにすわりこんで、そういった日本の若い新婚夫婦をつくづくとながめ、いいな、楽しそうだな、という意味をこめてウインクし微笑すると、男のほうは気がつかず、女のほうは、「なにさ」とでも言いたげに、ちょっとふてくされた表情で「失礼な」と無言でにらみかえしてくる。

このようなふたりの、ペア・ルックのアロハとムウムウのプリント模様が、なんともいえないのだ。アロハやムウムウのプリントや色調には、差別の観念がこめられているのではないのかとさえ思ってしまう。自分は外国からやって来たばかりの観光客なのです、と誰の耳にもとまるよう声高に宣言しているのとまったくおなじ効果を、そのようなアロハやムウムウの色調と柄は持っているからだ。

地元の人たちが仕事着に着ているアロハは、はるかに地味な色あいおよび柄だ。くすんだ濃い緑や、おなじように濃いブラウンなどが、よくつかってある。

「観光客が着るのではないアロハをさがしてます」

と、下町の服屋で言うとちゃんと意味がつうじて、地元民ふうなのばかりならんでいるところへつれていってくれるから、アロハやムウムウには差別があるのだ。

おなじあざやかな色で、ぱっと目につく大ぶりな柄でも、地元の人たちが着るアロハやムウムウには、きまりみたいなものがなんとなくあるようだ。たとえば肉体労働者が自宅に何枚か持っているアロハは、特売で安いのを買ったりなにかのお祭り行事のためにやはり特売で買ったりしてたまったものが多いから、ワイキキにならんだスーベニア・ショップのアロハとは、必然的にちがうのだ。

地元の友人たちは、じつにさりげなくアロハを選んでいて、まわりの情景にそのアロハ・シャツはぴたりと溶けこんでいる。

なんとかしてそれとおなじような感覚でアロハ・シャツを選んでみようと工夫したことがあるのだが、なかなかうまくいかなかった。

どこで買ったのだときくと、そのへんの店だよと、田舎町のスーパーマーケットのほうを指さす。そのマーケットへいってアロハ・シャツのところを見てみると、友人たちが着ているようなのはなぜか一枚だってない。それでも、なんとかおなじようなのをみつけ、これならいいだろうと思って着ていると、友人はまたちがうアロハ・シャツを着ていて、それとぼくの新品をくらべてみると、やはりいぜんとして決定的にどこかちがうのだ。そのように、どこか微妙にしかし決定的にちがうアロハを着こみ、ちょっと気どってとてもきれいなアメリカ語で買いものしたりすると、中年のおばさん売りこは地元の人、そしてぼくは、よそから来た人になってしまう。

時間さえあれば、ぼくはかなり執念深くしつこい好奇心を発揮する。ときたまハワイへいくのは、ひまになるためだから、あるときぼくは、ぼくにとってひとつのミステリーになりはじめた「地元民のアロハ・シャツ」および、いわゆる「オーセンティック・ハワイアン・プリント」というものについて、具体的な研究をはじめてしまった。つまり、地元の友人たちが着ているアロハ・シャツなりなんなりのプリント模様がかならず一様に持っている、いわくいいがたい地元的な性格がどこからくるのかを、つきとめてみようと思い立ったのだ。

ビショップ博物館へ出かけてみたら、「オーセンティック・ハワイアン・プリント」の原型が、すぐに見つかってしまった。大昔のハワイの人たちがつくっていたプリント模様の布地が、なんとおりも展示してあった。

この布地は、カパ、というのだそうだ。大人の背丈の倍くらいの高さになるワウケの樹を切りたおし、その幹から皮をはがし、その皮からカパの布地をつくる。

ワウケの樹は、英語では、ペイパー・マルベリー・トリーと言っている。男たちが切りたおし、女たちが皮をはがしたのだ。皮はたやすくはがれたそうだ。カパの布地は、服をこしらえるだけではなく、いろんな用途を持っていた。ワウケのほかに、ラズベリーやパンの樹の皮も、用いられた。ワウケよりも品質の劣るカパをつくるためだ。

皮の内側の繊維をはがし、一週間ほど海水につけてやわらかくする。これを石のカナトコのうえに乗せ、野球のバットをみじかくしたようなビーターで、叩きのばしていく。幅が十三インチほど、ながさが八フィートから九フィートほどの大きさの布切れができはじめる。これを陽にさらしてブリーチし、こんどは木製のカナトコに乗せ、野球のバットをみじかくして四角に削ったようなビーターで、叩いていく。このビーターには、主として直線を利用して、いろんな模様がきざんである。大きな模様とこまかい模様があり、大きな模様のビーターは、布地をやわらかくするため、そして、こまかい模様のビーターは、布地をつなぎあわせて大きな布をつくるためのものだ。それに、おどろくべきことに、ビーターの模様によって、できあがったカパの布地の、折りたたみ特性のようなものが、微妙にちがってくる。カパの用途にあわせて、大昔のハワイの女たちは、ビーターの模様を慎重によく考えたうえで入念にえらんでいたという。

四角なビーターにきざみこんである模様は、日常生活のなかで見るいろんなものからとられていたのだ。地を這う虫の動きから波状にうねっている模様ができ、ウナギの背中にある模様や、シダの葉の模様、ココナツの葉の模様などが、独特な感覚でとりいれられていた。ただ直角がならんでいるだけのものもあれば、サメの歯に似せた模様もある。

できあがったカパの布地は、さらにいろいろと加工することができるのだが、重要なのは模様をつけることだった。植物やウニ、土などからつくった染料と、模様の単位をきざみこんだ木や竹のパタン棒をつかって、模様をカパの布地に染めていった。

パタンの単位が、竹の棒のさきに、すくないときで三つ、多いときで八つくらい、きざんである。このパタンを染料にひたし、まがらないようにルーラーをつかって、何度でも押しつけてはならべていく。くっつけたりかさねあわせたり、むきをかえたりして、模様をつくっていく。なんでもない四角がじつはカメだったり、星形のものがウニだったりして、このパタン棒にも、いろんなものがとりこまれている。

大昔のハワイ人たちがつかっていた色は、ポリネシアのどこの人たちよりも、数が多かった。ピンク、グリーン、赤、黄、ブルー、紫、黒、灰色などの色が、基本色としてあった。

「オーセンティック・ハワイアン・プリント」とは、カパの布地にこのような染料でこんなふうなパタン棒で模様をプリントしたものなのだ。すっきりと単純で、日常生活のなかからじっくりと生まれてきたものだけが持つ、ゆるがしがたい落着きのようなものを持っている。パタンのほとんどは、三角と四角と丸と直線から成り立っているようだ。

このカパの布地に、昔のハワイの人たちは、さらにひと工夫もふた工夫もしていた。香りをつけるのだ。染料のなかに、香りの良いシダの葉をこまかくきざんでまぜておくと、染料に香りがつき、いつまでもその芳香が布地にのこっていたという。

それから、カパの布地をたたんでしまっておくとき、樹の小枝やサンダルウッドの粉、香りのよい葉、乾燥した樹の実などを布地のあいだにはさみこむと、その香りが、ほぼ永久的に布地にうつったそうだ。

「オーセンティック・ハワイアン・プリント」の原点がこうしてわかってしまうと、スーベニア・ショップのアロハやムウムウが、なぜかとても馬鹿ばかしい。

ビショップ博物館に展示してある、ハワイアン・プリントのパタン棒の模様をよくおぼえておく。できるだけそれにちかい、地味で単純な模様のものをあとでさがすのだが、レターペーパーにしろなににしろ、なかなかないようだ。

いまでいう「ハワイアン・プリント」は、ハワイに住んでいる人がハワイでデザインし、染色は日本でやったかもしれないけれどもとにかく「プロダクト・オブ・ハワイ」になっているもの全般をさしているようだ。そして、正真正銘のオリジナルは、ひんやりとしてしんと静かな博物館のなかでじっとしている。

地元の人が着てるのとおなじ気分のアロハ・シャツがどうしても欲しければ、教会や学校のバザーで年代ものを買えばいい。タダみたいに安い。

14　カラカウア大通りの黒い岩

ハワイへ新婚旅行にいった人たちは、記念写真をひっぱりだしてみてほしい。まっさきに撮った数枚のなかに、プリンス・クヒオ海岸公園の前で撮った写真はないだろうか。

日本からハワイへ新婚旅行にいくと、旅行代理店や日航をとおして宿をとった場合、たいていホテルはモアナかプリンセス・カイウラニになるはずだ。

お昼ごろに着いたとして、部屋に入ってちょっと休み、着替えをして外に出てくる。高級一眼レフを、ほとんどのカップルが持っている。

モアナから出てきても、プリンセス・カイウラニから出てきてもなんとなく海岸に足をむける。モアナ・サーフライダーのとなりがプリンス・クヒオ海岸公園だからここへ歩いてくる。

歩道のワキに、大きな黒っぽい岩がいくつか、かたまって置いてはなかっただろうか。歩道のすぐワキの芝生のなかに、黒っぽいごつごつした岩が、ごろごろごろんと。

この岩に身を寄せて、あるいはちょっと乗ってみたりして、だんなさまは初々しい奥さまの、ハネムーンにおける記念すべき第一枚目の写真を撮らなかっただろうか。「クヒオ・ビーチ・パーク」と書いた横長の看板がどこか近くにあったと思う。岩のうしろのほうには、貸しサーフボードが、鉄製のわくに支えられて、たくさん立っていたはずだ。樹影ができていたろう。あの樹は、ハラの樹なんだ。

明かるい陽がさして、心地良い風が吹いていたにちがいない。あの風が、北東の貿易風なんだ。涼しく吹いてきて、コオラウの山塊にあたって弱められ、おだやかになり、ワイキキへも吹き降りてくる、あの風だ。

さて、黒っぽい岩だが。あの岩は、道ばたの飾りに置いてあるのではなく、大昔からの由緒ある大切な岩なんだ。

この岩は、カフナ・ストーンと呼ばれている。カフナは、僧侶という意味だ。

大昔、オアフ島が古代の統治者カクヒエワによって治められていたもっと以前、タヒチ島から四人の僧侶が、ハワイにやってきた。伝説上の出来事だから、ほんとうにやってきたのかどうか、それはよくわからない。だけど、昔のハワイに住んでいた人たちはマルケサスやソサエティあるいはタヒチからきた人たちなのだから、四人の僧侶がタヒチからほんとうにきたのだと思ってさしつかえない。信じたほうが楽しくなる。

四人の名は、カパエマフ、カハロア、カプニ、そして、キノヒといった。『信じがたいほどに面白いハワイ』という英語の本にも、この四人の僧侶の名前があげてある。

病気をなおす力を持った僧侶たちだったらしい。しばらくハワイに住み、やがてタヒチに帰っていくことになったとき、海岸にあった岩に、病気をなおす自分たちの治療力をのりうつらせ、置きみやげとして残していった。それ以来、ハワイの人たちは、この岩を大切にしてきた。なにしろ、病気をなおす岩なのだから。

クヒオ海岸公園の歩道のわきにあるのは、この岩なんだ。由来を知らないと、へんなとこに岩があるなあと思ったり、これも海岸の造作のひとつなのかなと思ったりして、それっきりになってしまうのだ。

ハラの樹影のなかで、カラカウア・アヴェニューの排気ガスを浴びつつ、いまでもその岩はそこにある。

昔は、このあたりはなんにもなかった。ほんとうになんにもなくただ海岸があるだけだった。白っぽい砂浜のなかに、黒い岩が、そこだけ、ごろごろといくつか転がっていたのだ。

海岸から陸にあがると沼地があり、そのさきには、密林のような感じで林がせまっていたのではなかったろうか。

「ワイキキだって? あんなとこ、昔はなんにもなかったよ」

ダウンタウンの、すえたようなにおいのする薄暗いバーで昼間からビールを飲んでいる、歯ぬけのひどく陽やけした、なに人とも見当のつかないおじいさんが、喋ってくれた。いろんな血がまざっているのだけれど、やはりポリネシアンの血がいちばん強いのだろう。

あんなとこ、昔はなにもなかったといったって、そうはいかない。このおじいさんの年齢をたとえば七五歳とすると、「昔は……」などとえらそうに言える、その昔とは、彼が十五歳の少年だったころとして一九一五年。

一九一五年といえば、ワイキキはもう観光地だった。いまでも建っているモアナと、それにシーサイド・ホテルの二軒のホテルがあった。モアナからは海にむかって桟橋がのびていた。海岸にはいつも人出があったし、浜からながめる海岸線には、いろんな建物が見えていた。ジャック・ロンドンが二度目にハワイにきたのが、一九一五年だった。でも、モアナの二階から、パンチボウルのほうをながめると、さすがにいちめんの林と畑だった、と書いてかまわない。いまインタナショナル・マーケット・プレースがあるあたりは、ひねもす陽ざしが降りそそぎ貿易風の吹きわたるタロイモ畑だった。

昔はなんにもなかったよ、とあえて言うことによって、そのおじいさんは、いまのワイキキを否定しているのだろうか。「昔はほんとうになんにもなかったのに、いまではこんなになっちまって……駄目だねえ」というぐあいに。いまでは下水管がヒビ割れしてワイキキ沖に汚水がながれだし、遊泳禁止になったりしている。

いろいろと喋ったあとで、そのおじいさんは、

「オレはカメハメハの直系の子孫なんだよ」

と、言いはじめた。ハワイ人としての血を昔にさかのぼってたどっていくと、カメハメハにつきあたるのだそうだ。

「カメハメハ一世かい」

「カメハメハといやあ、一世にきまってるさ」

「ふうん」

博物館で見たカメハメハ一世の絵に、似ていなくもない。あの絵に描かれたキャームは、くしゃっとした愛嬌のある顔をしていた。

「カメハメハから血をひいてるんじゃなくて、カメハメハとおなじ家柄からきてるんさ」

「じゃ、コハラの生まれだな」

とたんに、おじいさんは、ハワイ人の名を連発しはじめ、誰が誰それのグランドサンで、その母方の誰がどうのと、とどまるところを知らない。

カメハメハ一世の銅像が、アリイオラニ・ハレの前に立っている。ハワイ州庁の建物をバックにヘルメット、クローク、ロインクロスが、まっ黄色の金ピカだ。陽の照る日は、下からあおぐと青空をうしろにしてピカピカだ。

この像は、一八八三年の二月にカラカウア王によって建立されたものだ。イタリーに注文してつくらせたから、スタンスはまるでハワイふうではなく、古代ローマの武人たちの像からヒントを得ていることがはっきりわかってしまう。両腕の感じ、そして両脚のかしぎ具合いが特に、古代ローマふうだ。六月十一日のカメハメハ・デーには、この像に長いレイがたくさんかけられ、さらに美しくなる。地面にとどく長さのレイが、両腕や首にかけられるのだ。

イタリーから持ってくる途中、大西洋の南西部、フォルクランド諸島のちかくで海に沈んでしまった。もうひとつ複製をつくってもらって届いたのが、州庁前にいま立っているこれだ。沈んだオリジナルはあとでひきあげられ、いまではハワイ島のコハラに建っている。

カメハメハ、という名前は、孤高の人、というような意味を持つ。

歴史的な由緒のある観光名所には、このカメハメハの像をもとにして図案化されたシンボル・マークが、鉄の柱にとりつけられて立っている。像をそっくりそのままコピーした図案にしようと、ハワイ観光局は考えたのだが、昔のほんとうのハワイを守ろうとしている人たちから、抗議が出た。あんな古代ローマ人みたいなスタンスのカメハメハでは大いに困る、というのだ。

肩からかけたクロークの下で腕を組んでいるスタンスにかえられて図案化された。似たような図案が、ステッカーになって売られている。

金ピカのクロークは、金ラメなどではなく、マモという鳥の羽根だ。マモをつかまえては羽根をとり、また放して羽根が生えるのを待つという、羽根とりの専門職が昔のハワイにはいた。一羽のマモから六枚ほどしか、つかえる羽根はとれない。八万羽のマモから、四五万枚の羽根をとってつくった、目を見はるような素晴らしいクロークだ。

昔のハワイでは赤は神の色だったし、黄色は、高度に神聖な色とされていた。厳格なカースト制度のなかで、平民はこんな色のものを身につけることはできなかった。

このクロークの現物は、バーニース・A・ビショップ博物館にある。位の高い酋長や、武勇のほまれ高い武人しか、クロークを身につけることはできなかった。女性も、クロークやケープの着用は、禁じられていた。戦で武人たちは、敵の武将を倒してそのクロークを自分のものにするのを、戦場での名誉としていた。

15 ハワイアン・ドリンキング・ウォーター

北から風が吹いてくる。アリューシャンやアラスカなどをへて北アメリカ大陸の西岸にあたり、バハ・カリフォルニアのずっと沖合で北回帰線を南にこえていく。北緯一五度くらいのところまで吹き降りてから、風は向きをかえる。その、むきをかえたさきに、ハワイ諸島がならんでいる。

ハワイ諸島には、東南、あるいは東のほうから、風が吹きつけてくる。だからどの島にも、ウインドワード（風上）とリーワード（風下）とがある。

ウインドワードに広がっている海から、陽に照らされて海水が蒸発し、空へのぼっていく。冷えて上空に雲ができる。

蒸発して上空へのぼっていく途中で風に出あい、ウインドワードのけわしい山なみに吹きつけられ山なみの斜面を逆に上へのぼっていき、山の頂上の上空でやはり冷えて雲になる。

ハワイの山の頂き、あるいはそのちかくにとまっている雲は、こうして出来た雲なのだ。雨雲だ。雨を降らせる。山に降った雨は、山にしみこんでいく。しみこんでからの自然のシステムは、とても面白い。

しみこむだけではなく、川になって流れ落ちていくのは、貿易風が吹きよせるウインドワードの山の斜面に多い。四季をつうじて水が流れている川だ。雨の量が多い季節になると、川の水はあふれるけれど、雨がやむとすぐに水量はもとにもどる。島ぜんたいの土地が、水のしみこみやすい性質を持っているからだ。ハワイで消費される水の総量の四五パーセントはこうした川からとった水だ。リーワードへいくと、四季をとおして水の流れている川はすくない。雨がいつもよく降る標高の高いところへいけば、そこにだけ川ができていることが多い。こんな高い位置の川では、四季をとおして水が流れている。

川の水以上に大切な水資源は、島の底にいつも眠っている巨大な水のかたまりだ。山の表面からしみこんできた水が、島の底の玄武岩のなかに、たまるのだ。

玄武岩ほど水のしみこみやすい岩は、ほかにあまりたくさんはない。総体的に言ってハワイの玄武岩は年齢が若いから、なおさらしみこみやすい。

そして、水のしみこみやすさに関してさらに重要なのは、火山で吹きあげられて山裾に流れ出た溶岩の特性だ。ハワイの火山では、溶岩が噴き出て流れるたびに、溶岩の層が薄く次々にかさなっていった。

火山の底から噴き出てきたばかりの溶岩は、パホエホエと呼ばれている。広く薄くひろがって流れていく。流れるにしたがって、ひろがっている溶岩の縁のほうからかたまっていくし、表面も、すこしずつかたまっていく。かたまった表面のすぐ下には、まだまっ赤に溶けた溶岩が流れていて、この内部の流れにかたまりかけた表面がひっぱられ、大きな布地にしわがたくさん寄ったりあるいは波打ったりしているような形状が、凝固の最終段階で出来あがる。

流れていく溶岩の広さや幅は次第にせまくなり、最後には一本の細い川のようになってしまう。それが外側からかたまっていき、管のようになり、溶岩が流れきってしまったあとには空洞のチューブが残されることが多い。

溶岩の海が最後にこんなふうになるまえに、パホエホエはアアと呼ばれている状態の溶岩に変わっていく。このアアは、溶岩上部の表面ちかくと底部にしかない。内部の溶岩には、パホエホエと共に、ガスで出来た気泡が無数にある。

こういった溶岩が幾層にもなってかたまっているのだから、水はしみこみやすい。さらに、溶岩の層のなかに、無数の裂け目が縦につながって出来ている地域がある。その地域の中心部分では、縦につらなった裂け目がおたがいにびっしりとあつまっている。はじのほうへいくと、裂け目はすくなくなる。

この裂け目は、ダイクと呼ばれている。水はやはりしみこむのだが、玄武岩の層とはまたちがった働きをしている。裂け目のなかに水が入りこむと、底のほうまでしみとおっていくのに時間がかかる。つまり、この溶岩の裂け目がたくさんある地帯では、水が常にそのなかに閉じこめられていることになる。海抜数百フィートの高さにまで水が閉じこめられていることも珍らしくない。そんな高さのところでダイクが地表に顔を出していたりすると、水が常に噴き出している泉となっている。

海底まで末広がりにどっしりとつながっているひとつの島の断面図を思い描いてもらいたい。海面の水平な一直線よりもさらにずっとさがったあたりの玄武岩のなかに、凸レンズを横から見たようなかたちで、水の層が常にできている。この水の層にむかって、ななめに井戸を掘ったり、あるいは、深掘り井戸のように垂直に掘りさげて、水をとりだすことができる。

島の底にできている巨大な凸レンズのような水の層のさらに下には、海水と真水のまざりあった半塩水の層があり、そのさらに下には、塩水のしみこんだ層がある。半塩水の層によって、ちゃんと底にフタがしてあるわけだ。

真水の層の周囲はどうなっているのだろうか。ここにも、自然というトータルな自動システムの、絶妙な働きを見ることができる。

風化によって山の斜面からながい時間をかけて落ちてきた岩は、海面下のスロープにまで落ちていき、そこに沈澱して沖積層をつくっていく。

海のずっと深いところまでこの層はすでに完成されていて、たとえばオアフ島のホノルルや真珠湾の下では、厚さが一〇〇〇フィートにまで達している。この沖積岩の層が、玄武岩にしみこんでいる真水の層のなかに海水が入りこんでいくのをさえぎっている。

沖積層は、場所によっては水をよくとおすところもあるのだが、大体において、玄武岩の層よりは水をとおさない。海水はまったくしみこまないというわけではない。しみこんではくるけれど、真水とまじりあった層を外側につくるだけで、深く内部にまで入りこんでくることはない。

この水は、化学的にも生物学的にも、質の高い水なのだ。オアフ島では、ドリンキング・ウォーターの九〇パーセント以上が、島の底にあるこの真水の層からとられたものだ。

自然のシステムによって島ぜんたいが自動給水装置のようになっている。しかし、昔のハワイ人たちは、このことに気づかずにいた。川の流れや泉から遠いところに住んでいた人たちにとっては、水は貴重なものだった。

川や泉の水にはバクテリアがいた。キャプテン・クック以来、ハワイ諸島にやってきたヨーロッパ人たちは、このバクテリアで腹をこわしたり熱病にかかったりしていた。

ダイクが山の斜面の表面に出ていて、そこから水が滝のように流れ落ちている泉を、オアフ島で見ることができる。ウインドワードの標高七〇〇フィートのところにある滝は、七五フィート流れ落ちて、ワイヘエ川の源となっている。

山の高いところを流れる川を、オアフ島のヌウアヌ・パリで奇妙なかたちで見ることができる。コオラウ山脈のけわしい峰に、一個所だけ、ヌウアヌ・パリで、切れ目ができている。山に降った水を集めて流れてくる小さな川が、このヌウアヌ・パリの切れ目のところで水を空中にはなっている。

その水は滝のように下へ落ちてくるのだが、コオラウの切れ目ではいつも強い貿易風がウインドワードからホノルルのほうに、吹きぬけている。

この風のため、滝のように落ちてくるべき水が、上へむかって吹きあげられ、こまかな飛沫となって風に乗り、四散していく。「アップサイド・ダウン・フォールズ」(上下さかしまになっている滝)として有名だ。ヌウアヌの観光名物のひとつなのだが、滝がアップサイド・ダウンになるかどうかは風の吹きぐあいに左右されるので、見た人はまだすくないかもしれない。

冬の日に、ヌウアヌ・パリのルックアウトですさまじい風に吹かれ、肌寒いなかを雨で灰色にくすんでいるパリのけわしい山肌を自動車の窓から見あげつついくと、このさかしまの滝が見えることがある。

鉛色の重い空。山の頂きは霧にかくされていて、こぬか雨とも小雨ともなんともつかない不思議な雨に路面やウインドシールドはいつも濡れている。

びゅうびゅうと風が吹き、濃い緑色の山肌にはけわしく切りこまれた峰が何本も垂直に走っている。その峰のなかから、白い水が空中に走り出ている。風に持ちあげられて上向きに孤を描き、右に左にゆれているその水は、風に巻きこまれてどこかへ吹っ飛んでいく。あたりぜんたいが、重量感のあるもの哀しさをたたえて永遠を生きているようにも感じられ、なかなかのみものだ。

16 ヒロの一本椰子

昔のハワイ人たちは森林をおそれていた。メネフネなど、不思議な生き物が森のなかにたくさん住んでいるのだと信じていて、そのため、たとえば森のなかに住居をつくったりはせず、海岸の水ぎわの、森のないあたりに小屋を建てて住んでいた。

非常に厳格なタブーの制度が、昔のハワイにはあった。社会はカースト制になっていて、いちばん位が高いのは王であり、その次は酋長たちだった。一般の平民の位は、下から二番目だった。いちばん下は賤民だったから、事実上は平民がいちばん下だった。

さまざまな神の代理人として君臨していた王や酋長たちは、自分たちが神からさずかっている権力を守るために、複雑なタブーをたくさんつくりだし、そのタブーを自分たちも守ったし、平民たちにも守らせた。

昔の人々が森林をおそれていたのは、このタブー制度のせいでもあるのだが、畑をたがやし海で魚をとるという、身のまわりの自然を相手にしたごく単純で素朴な経済が土台だったから、自分たちに食べものをくれている自然に対して、手荒なことはする気になれなかったということもきっとあるだろう。それに、自然を乱暴に扱ってこわしてしまうと、その自然は二度と自分たちに食糧その他の必需品をくれなくなってしまう。

王や酋長たちのために鳥の羽根でケープをつくるには、珍しい鳥をつかまえてきれいな色の羽根をあつめるのだが、鳥を殺したりはせず、一羽からすこしずつ注意深く羽根をぬいては放してやり、再び羽根が生えるのを待った。コアの樹を切りたおしたときには、その場に苗木を何本も植え、樹があったところには再び樹が生えるようにした。

ハワイ全島を統一して平和をもたらしたカメハメハ一世が一八一九年に病没すると、そのときすでにハワイでは珍しい存在ではなくなっていたヨーロッパやアメリカの白人たちからの間接的な影響により、それまでのハワイ社会の秩序の土台となっていたタブーの制度が崩壊してしまった。

それと前後して、アメリカの交易商人たちが、ハワイのサンダルウッド（白檀）の樹を中国の広東へ持っていって売る商売をはじめた。

タブーのなくなってしまったハワイでは、サンダルウッドの樹が、かたっぱしからめちゃくちゃに切り倒された。サンダルウッドを交易商人に売ったおかねで、酋長たちはヨーロッパやアメリカからさかんに品物を買った。なんでもいいから手あたり次第に買いこんでいたようだ。住居も、ボストンあたりでいったん建てたのを解体して船でホノルルにはこばせ、再び組み立てる、というようなことをやっていた。

やがて、これから切り出すサンダルウッドをあてこんでツケで品物を買うようになり、ツケの額はどんどん増えていった。だが、切るべきサンダルウッドが早くも底をついてしまい、ハワイの王室や上流階級は白人の商人たちに対して巨額の負債を負うことになった。馬鹿げた買いもので一時は国庫の手持ち現金が五〇〇ドルくらいになってしまったこともある。この弱みに白人たちにつけこまれることよって、ハワイ王国が消滅する遠因がつくられていった。

切りたおされたのは、サンダルウッドだけではない。シダの樹は、ベッドやソファのマットレスのなかにつめるクッションとして、大量に中国へ持っていかれた。ホノルルやラハイナがアメリカの捕鯨船の中継基地になると、パンダナスの樹を切ってつくる薪が、鯨の油を処理するカマをたくために、おなじく大量に消費された。

野性のヤギ、豚、牛などが山林を荒らしまわっていた。そして、ハワイに砂糖産業が定着すると、燃える樹ならなんでもいいから切りたおし、製糖のための燃料にしてしまった。

二十世紀になるころには、人里を遠くはなれた高地にしか、森林はのこっていなかった。このころになると、町づくりや道路づくりがさかんにおこなわれるようになり、樹はさらにひんぱんに、大量に切りたおされるようになった。

昔から大地に生えている樹は、とにかく切りたおさないで守ることにしよう、という動きがはじめて具体化したのは、一九〇九年の夏のことだ。

当時のハワイ島のヒロに、一本の有名な椰子の樹があった。ワイワイヌイ通りとカメハメハ通りの交叉点ちかく、道路のまんなかにひょろっとまっすぐ、一本だけ高く生えていた。

写真が残っている。当時の木造二階建ての商店の二倍ちかい高さだ。てっぺんには葉がついているけれど、相当な樹齢なのだろう、葉の広がりにいきおいはない。しかもこんなに高くては、地上に樹影をつくることもできない。

地元の名物のような樹として、ただそこに立っているだけだった。なんの役に立つというわけでもないのだが、そこにそのような樹が立っているのは、やはりいいことだった。

ある日、交叉点を曲がろうとした自動車が、この椰子の樹に接触した。この椰子の樹は自動車交通の障害になる、という意見がどこからともなく出てきて、切りたおしてはどうか、ということになった。

地元の長老たちは、椰子の樹を切りたおすことに反対した。婦人団体の助けを得て、その椰子の樹に関して保護条令をつくるよう、ハワイ郡に対してはたらきかけた。

ハワイ郡条令第三九条が、こうしてできて、一九〇九年八月一日付をもって発効した。ハワイ郡の郡政執行者の通常評議会で許可を得ないかぎり、歩道、ハイウェイ、私有地に立っている樹を切ったり枝をはらったり私用に供したりすることは、個人でも団体でも企業でも、いっさいできない、という条令だった。

ヒロの一本椰子は、これで無事に生きながらえることになった。十一月十六日付のヒロの日刊紙『ヒロ・トリビューン』が、樹や森林の保護について、社説で書いていた。

あくる年、一九一〇年になって、この椰子の樹に、再び危機がおとずれた。ワイワイヌイ通りとカメハメハ通りの交叉点にあったハックフィールドという会社が、木造二階建ての建物を道路の反対側に移し、そのあとにコンクリートづくりの建物を建てようとした。だが、いろいろ寸法をはかってみると、椰子の樹がじゃまになって建物を道路の反対側に移すことは無理だとわかった。

一本椰子を切ってしまえ、と請負技師は言いだし、この椰子は「公共の安全をおびやかしている」と、つけ加えた。

婦人団体がまた動いた。椰子を切りたおすことに反対の人たちの署名をあつめ、評議会にかけあった。そして、あの椰子を切りたおすつもりはありません、という返事を書面でとりつけた。評議会議長ジョン・ルイスの署名があったが、このジョン・ルイスは、ハックフィールドの建物を移動させる仕事を請負った男であったのだ。

電柱をどかせば、椰子の樹を切らなくても建物を移動できることがわかっていた。建物を移動させる作業がはじまった日の朝、ヒロ電気会社に、電柱を一時的に移動させてほしい、とかけあった。実費をハックフィールドあるいは郡が支払ってくれるなら、電柱の移動に応じる、とヒロ電気会社はこたえた。ジョン・ルイスは、両方の利益を代弁していたから、実費なんか払えない、とことわった。

建物を移動させる作業がはじまっていった。人がたくさん集まって、見物していた。やっぱり椰子を切りたおすのでしょう、とつめよってきた婦人団体に、ジョン・ルイスは、「切りたおしはしません。一時的にちょっと曲げて、建物をとおらせるだけです」と、こたえた。

ふたりのハワイ人が椰子の樹にのぼっていき、葉のすぐ下に、ロープをかたく結びつけた。そのロープをウインチでひっぱると、すこしずつ椰子の樹は曲がっていった。てっぺんが地面につくほどに曲げても、折れたりはしなかった。

だが、椰子の樹は年をとっていた。根がおとろえていたし、かたい道路の交通のひんぱんなところに立っていたものだから、充分に根をはれずにいた。

枝根が土のなかから次々にはじけとぶように出てきて、見物人たちのほうに泥をはねとばした。かまわずに、ジョン・ルイスはさらに椰子の樹を曲げさせた。

根のぜんたいが土中からとびだしてきて、土煙が舞い、見物人たちの頭上に泥がいっせいにふりかかった。椰子の根は完全にすっぽ抜け、椰子は朝の陽を浴びて道路に横だおしになった。

近くのヒロ湾までひきずっていかれたその椰子の樹は、そこに放置され、何日か波に洗われていた。

ジョン・ルイスは、次のように言いのがれた。

「お約束どおり、切りたおすことはしませんでした。ちょっと曲げてみたら、自然にひっこぬけたのです」

八十年、百年と生きてきた樹をめぐって、おなじようなことが何度ハワイでくりかえされたかわからない。自動車のために道路の幅を広げる必要がおこると、ほとんどそのつど、古い樹が犠牲になってきた。道路が勝った場合もあるし、樹が勝った場合もある。たとえ勝ったとしても、いつまた切りたおされる危機にみまわれるかわからない。

ロバート・ウエンカムは『ハワイ』(一九七二年)という本のなかで、「樹を殺すには」と題してこの一本椰子のことについて書いている。

17 木こりたちよ、その樹を切るな

青い空に白く薄い雲が動いている。早すぎもおそすぎもしないそのスピードが、ながめているとじつに快適だ。

心地よい貿易風が吹いてくる。なんともいえない甘さをたたえ、からだをやさしくつつみこんでくれては、どこかへいってしまう。吹く強さやスピードが、空の雲とおなじく、絶妙のものだ。

ぼくは大きな樹の下にいる。太陽はちょうど頭上にあり、枝をのばし葉をいっぱいにつけた樹の影が、緑の草のうえに、くっきりと丸く影をこしらえてくれている。

海岸からすこし小高くなった丘のうえに、その樹は立っている。大きな樹だから、七十年や八十年はたっているだろう。

つくるのに八十年もかかった樹影のなかに、いまぼくはすわって海をながめているのだ。ああ、八十年の樹影よ!

海がまたとても素晴らしい。太平洋の水平線がながめられる。淡い黄金色の砂浜に波がよせてはか

えしている。砕け波の白い波頭が沖のほうにたくさん見える。波の音が、底なしの力強さをはらみつつ、やさしく風のなかに散っていく。

風の香りが、甘いなあ！　頭のうえで、風をうけた葉がひっきりなしに触れ合い、いい音をたてている。

影のなかと陽なたとの境界が、明かるく、くっきりしている。そこをながめているだけで、充実した幸せな気分になってくる。

こういういい気分のとき、ふと、シティ・ボーイは、つまらないことを思ってしまう。この海岸ぞいにハイウエイがもしできるなら、この樹のあるあたりは道路のまんなかだから、八十年の樹はものの数分で電動ノコギリで切り倒され、根っこはシャベルカーで掘りおこされ、どこか山のほうの丘のふもとにほうり出され、そのままになってしまうのだろうなあ、と。

すわっているぼくの頭のすぐ上まで、太くて重そうな何本もの枝が、葉をいっぱいにかかえて、おいかぶさるようにじっとしている。全身で樹影と会話しながら、ぼくはふたつのまったく異なった世界を自分のなかで想像体験している。

ひとつはこの海ばたの、樹齢すくなくとも数十年の大きな樹が、ずっとこのままここに生えつづけ、まわりの土地にもさしたる変化はなく、来る日過ぐる日、陽を浴び風をうけとめ潮の音を聞き青い月の光りに照らされつづけていく、という世界だ。この世界へ、たまにぼくがやってくる。

もうひとつの世界は、この海ぞいの片田舎に、ハイウエイがつくられていく世界だ。ブルドーザーが地面を削り取り、そのあとをいろんな機械が何重にも路面をかためていく。ハイウエイはどんどん出来ていき、やがて完成し、自動車が走るようになる。大きなあの樹は切り倒され、ひっこ抜かれ、風にゆれる葉はもうなく、緑の草のうえにくっきりと出来る樹影だってありはしない。そんな世界をぼくがたまに自動車でとおったりする。

このふたとおりの世界を、どっちがいいかくらべるのは、馬鹿げてる。樹が昔とおなじように生えてる世界がいいのにきまっているからだ。

マウイ島ワイルクの町の裁判所のかたわらに、モンキーポッドの樹が生えている。パイナップル工場への道に自動車がもっと簡単に出入りできるよう、このモンキーポッドの樹をどかして道路を広げよう、という提案がおこなわれたことがあった。このときは樹のほうが勝った。カウアイ島に生えているおそらくハワイ諸島でも最古のものだろうと言われているカマニの樹が、やはり道路づくりのために危機にさらされたことがあった。リフエ空港への新しい道路がリフエの町に入ってくる地点で、そのカマニの樹がじゃまになったのだ。このときも、樹が勝った。

だが、負けた樹も多い。

ホノルルのカラカウア・アヴェニューの一部分に左折のためのレーンをつくろうということになったとき、十数本のトロピカル・マホガニーの樹が、じゃまになった。

この樹々を切り倒しますという予告もなしに、「混乱と渋滞をさけるため」と称して、午前二時にそのトロピカル・マホガニーは、切り倒されてしまった。

そこにそのトロピカル・マホガニーが十数本、何十年も生えていたということと、いまこれから自動車がそのあたりで便利に左折できるようにしたいということとがはかりにかけられ、前者がじつにあっさりと後者のためにしりぞけられていったのだ。

一九四七年、ホノルルの郡政執行者による評議会は、樹齢百年のバニアンの樹を自動車道路の便のために切り倒すことを、全員一致で決定した。

キング・ストリートとケエアウモク・ストリートの交叉点という、ホノルルの中心の交通量の多い一角に、そのバニアンの樹は立っていた。二本のストリートのむこうがわまで枝がのびていて、どちらの通りを来ても、ずっとむこうからこの樹は見えるのだった。

交通量が次第に増え、道路を広げる必要がおこってきた。とたんに、バニアンの樹がじゃまになりはじめた。

このときは、バニアンの樹は切り倒されず、生きのこることになった。戦後のホノルルはどんどん大きくなり、人口が増え、自動車の数がいちだんと多くなっていった。

キング・ストリートとケエアウモクの交叉点を広げようという計画がふたたび持ちあがったのは、一九六三年だった。十一月の第四週に、ホノルル市の議会は、このバニアンの樹を切ってしまうことにきめた。賛成が七名、反対は二名だった。

バニアンの樹を守らなくてはならないという意見が、新聞にさかんに登場した。

「道路を広げないと安全に自動車をころがすこともできない馬鹿のために、樹という樹がすべて犠牲にならなくてはいけないのか」

と、『ホノルル・スター・ブレティン』紙は、社説に書いていた。

「自分たちの町を自動車の海にしてしまうほどに私たちは狂ってはいないはずだ。反対の声が数をそろえたうえでさらにたかまれば、このバニアンの樹は救われるのだ」

学生たちが反対運動を起こした。

「樹影にはすわれても、ハイウェイには影すらない」

というプラカードをかかげている学生がいた。

婦人団体が腰をあげはじめ、州議会もバニアンを切ることに反対の色を見せた。市長も、反対にからんできた。「もし道路が広げられるなら、バニアンの樹は道路の中央の島としてのこすといい」などと、市長は言っていた。有力な人たちの多くが、バニアンを切ることに反対した。

州も口をはさんできた。バニアンの樹は州の土地に生えているのだから、ホノルル市やホノルル郡はまず州から許可をえないことにはバニアンにノコギリを入れることはできない、と言った。

バニアンを切る権利に関して裁判所で争いたい、と市は言いだし、州の土地利用に関する評議会は、樹は切らない、という立場を表明していた。この樹が自動車交通にとって危険な障害物だという具体的な証拠を提出せよと言われた市は、すぐに証拠書類をつくり、評議会へ持参した。

キング・ストリートを広げたいという第一回目の請願は、それによって利害のからむ人たちのうちの五六パーセントの反対にあい、つぶれた。

ちかくのショッピング・センターが、うちの敷地へ無料でバニアンをうつしましょう、と申し出た。市は、この申し出を断った。無料とはいえ、出費額は大きすぎるから、という理由でだった。

『ホノルル・スター・ブレティン』紙は、バニアンの樹の健康診断をした。枝から地面へむかって降りてくる空中の根の成長が妨害されているので、樹の健康はくだり坂だが、あとさらに一〇〇年くらいはもつだろう、という診断がくだされた。

バニアンをうしろにさげ、公園の敷地内にうつそうという計画を、市はつぶした。市としてはバニアンなどどうでもよく、道路を広げさえすればそれでよかったからだ。

バニアンの樹をどうするかに関して、公聴会が開かれた。「樹齢百年の樹は、きのうや今日できたものではないのだから」という、広がりのある意見と、切り倒したバニアンのかわりに二〇〇本の樹をキング・ストリートぞいにホノルル市が植えるからという、いまこの瞬間の意見とが、対立した。

バニアンを救おうという意見や運動は、そのときにはたいへん良心的な反対運動のように思えたのだが、あとになってふりかえってみると、結局は切り倒してしまうことへの助走路的な儀式としてしか、うかびあがってこない。

賛成八、反対一で、バニアンの樹はついに切り倒されることになった。反対していたアウトドア・クラブは、盛大な記念式典をおこなう、と発表した。

画家たちは名物バニアンを絵に描く最後の大会を開いた。カメラマンたちが写真をとり、記念の樹のぼりにやってきたプナホウ・スクールの生徒たちは、おたがいに手をつなぎあって樹をとりまいた。切り倒す作業の実況中継をラジオ局ＫＯＲＬがおこない、切り倒したバニアンはこまかく切ってホノルル各地の公園に植える、と市長は発表した。

日曜の朝、午前七時、記念の礼拝が、樹の前でおこなわれた。切り倒す作業をする人たちが、すでにきていた。

人々が見守るなかで、電気ノコギリがうなりをあげはじめた。大きなバニアンの樹から、切られた枝が地面へ次々に落ちてきた。

午後までには、そのバニアンの樹は、切りきざまれた枝や幹の山となっていた。樹のあった地面に、誰かが小さな十字架を立て、それは数日、そこにあり、いつのまにかなくなっていた。

樹齢百年のバニアンの樹影が、こうしてホノルルから消えていった。

青い空から陽が照り、甘い貿易風が吹くなかで、大きな樹の下の陽影にいるぼくは、ふと思うのだ。この樹をやがて切り倒すことに、ぼくはすでに参加してしまっているのではないか、と。

あとがき

ずいぶん呑気な文章ばかりだ。

かつてのぼくが書いたものを、いまのぼくという冷静な第三者の目で読みなおしてみて、はっきりそう思う。

あらかじめテーマをきめたうえで求めに応じて書いたものが半分。そして、なにを書いてもいいと言われて書いたものが半分。だいたい、そんな感じだ。

いろんなことについて、呑気に書いてある。呑気のあまり、言葉をつくそうとして逆に、なにを言いたいのかわからなくなっているところがすこしあったりして、おかしい。

この呑気さは、どこからくるものだろうか。ぼくの気質をべつにすると、結局、言葉で書かれたものはみな多かれすくなかれ呑気なのだ、ということに思い至った。

いろんなことに関して、きまぐれに書き散らしているようだが、じつは、興味の対象はかなりしぼりこまれている。

旅、サーフィン、アメリカ語と日本語、といったような、言葉を超越したことがら、あるいは、いくら言葉を操り重ねあわせてみても追いつくことのできない、きわめて肉体性の強いことがらに、ぼくの興味は大きくかたむいている事実が、いまわかった。

言葉では書けないことを、言葉と格闘しながらなんとか言葉で書いてみようというような気持は、ぼくには、まるでない。言葉で充分に書きうる抽象的なことがらにも、興味はほとんどない。ということは、非現実的なたぐいの言葉をさほど信用していないということに、はっきりとつながってくる。

ここからさきは言葉では書けないのだという、ぎりぎりのところまで興味の対象を追いつめきったわけではなく、追いかたもまたすこぶる呑気なものだ。言葉でなんかとうてい書くことのできない、強い肉体性をはらんだ巨大な部分が、どの対象においても、すでに鮮明に見えていて、そのなかに入りこんでいるからにほかならない。そのなかでの、対象との触れあいは、すぐれて切実であるから、書くときくらいは呑気にいきたい。

片岡義男

初出一覧

はぐれ鳥のプロローグは……　《コンサートガイド》1975年４月号
おふくろの味は早稲田にあるんだ　《コンサートガイド》1975年５月号
テレビ・カメラが見るもの　《コンサートガイド》1975年６月号
街角のなかのぼく　《コンサートガイド》1975年７月号
ボールポイント・フリークのよう……　《シティロード》1975年９月号
秋まつりの音が風にのってくる　《シティロード》1975年10月号
陽ざしがもったいなくて，野原へいってみた　《シティロード》1975年11月号
リンゴの樹の下で，マーモットが待っている　《シティロード》1976年２月号
町の生活のなかに「個性」って，あるだろうか　《コピイ年鑑》1974年
アメリカの安物食料品と，海の幸　《流行通信》1975年
彼女が買ってきてくれたヨーグルトに……　《高一コース》1975年７月号
ガリ版刷りの教科書というものが，あったんだ　《家庭全科》1975年12月号
ハロー！　土星の環　《サンジャック》1975年
ペーパーバック・ライターたちとのつきあい　《読売新聞》1975年８月10日
少年たちはたしかに……　《ハリウッドとの出会いなおしについて語ろう》1975年
自己の論理の具現としてのターザン　《いんなあとりっぷ・映画の美》1976年
正義のガンマンが退屈になり……　《週刊読書人》1975年12月22日号
バッファロー・ビルとワイルド・ウエスト・ショー　《劇場》1975年
密造酒に月の明かりが照り映えて　《芸術生活》1975年10月号
ブギはトータルなのだ　《ユリイカ》1976年１月号
南の島でコジキになりたい　《自己表現》1975年11月号
島の夜明け　《話の特集》1975年11月号
久保田麻琴と夕焼け楽団　《トリオ・レコード『ハワイ・チャンプルー』ライナーノート》1975年
自動車のフードにロードマップを広げると　《サド・ジョーンズ，メル・ルイス東京公演プログラム》1975年
ウエスト・コーストでは両切りのタバコがうまい　《サンジャック》1975年 No. 5
まっ赤なトマト・ジュースは……　《サンジャック》1975年
地獄のメリーゴーラウンド　《シティロード》1976年１月号
ハリウッド大通りのコン・マン（詐欺師）《コンサートガイド》1975年８月号
ソーダ・ファウンテンの片隅で　《爽》1975年10月号
アタマがカラダを取り返すとき　《アドバタイジング》1975年８月号
旅先の小さな町で二人はリンゴを食べた　《宝島》1976年５月号
南海の楽園より　《宝島》1974年～1975年

著者について

片岡義男（かたおか・よしお）

一九三九年東京生まれ。文筆家。大学在学中よりライターとして「マンハント」「ミステリーマガジン」などの雑誌で活躍。七四年「白い波の荒野へ」で小説家としてデビュー。翌年には「スローなブギにしてくれ」で第二回野性時代新人文学賞受賞。小説、評論、エッセイ、翻訳などの執筆活動のほかに写真家としても活躍している。著書に『彼のオートバイ、彼女の島』『メイン・テーマ』『日本語の外へ』ほか、『歌謡曲が聴こえる』『短編を七つ、書いた順』『ミッキーは谷中で六時三十分』『私は写真機』『翻訳問答 英語と日本語行ったり来たり』（共著）など多数ある。

町《まち》からはじめて、旅《たび》へ

一九七六年四月三〇日初版
二〇一五年一月三〇日改版

著者　片岡義男
発行者　株式会社晶文社
東京都千代田区神田神保町一—一一
電話（〇三）三五一八-四九四〇（代表）・四九四二（編集）
URL http://www.shobunsha.co.jp
印刷　壮光舎印刷株式会社
製本　ナショナル製本協同組合

ISBN978-4-7949-6871-5　Printed in Japan